JN120421
『レイラお嬢様にぴったりの衣装を
異国から取り寄せましたッ！
アキツ和国のミニスカメイド服に
学園水着に腋だし巫女服に
猫耳カチューシャ＆猫下着ぃ！』

「わたしは絶対者のレイテ様だからね。
これからもわたしに仕えなさい」
「はいィッ！　命も貞操もアナタ様にお捧げします！」
「貞操はいらないっつの！」

極悪令嬢の勘違い救国記 1

馬路まんじ

PASH!文庫

Contents

プロローグ　レイテ・ハンガリア（十六歳）の朝は早い

「わたし、起床――――！」

――わたし、レイテ・ハンガリアの朝は早い。

石切り場の石化鶏が鳴くよりも早く起きると、朝の身支度を自分で開始。

鏡台に腰掛け、自慢のさらさらな銀髪に櫛を通していく。

メイドたちは使わない。

先日、『わたしの朝の身支度権』を賭けて殴り合いをしやがったからだ。

なので罰としてわたしの身支度は全員禁止。しばらく自分でやることにした（なんかわたしが一番被害被ってんだけど……）。

まぁいいわ。庶民というのは浅ましき存在、よほど大金持ちのわたし様に気に入られて給料あげてほしかったのでしょうね。ふふん。

「さて、今日のわたしも完璧ね……」

鏡に映った自分の姿にうっとりしてしまう。

まさに芸術品だ。この世の至宝だ。わたしほど美しい十六歳美少女が存在していいのだろうか？　いいやよくないきっと罪だ。

「……おそらく、美の女神様が嫉妬（しっと）したんでしょうね。十二歳あたりから身長がほとんど伸びてないのはそのせいね」

うーんそれだけが悩みなのよねぇ……。へこむ～。

まぁでも毎日牛乳飲みまくってるから、来月にはナイスバディ美女になってるはずよ。

信じましょう自分を。なんか先月もそう信じてた気がするけど。

というわけで、

「今日も黒くてゴシックで、できるだけ『悪そうなドレス』を選んでと……」

いつもの服装に着替えると、窓の外に向かって堂々と宣言してやる。

「領民どもォッ！　今日もこの、極悪令嬢レイテ様がコキ使ってあげるわァッ！　おーーほっほっほっほぉーーー!!!　おほッ、げほォッ!?」

む、むせたァッ！

第1話　奴隷商VSレイテ様よぉ!!!!

朝食の後のティータイムにて。

「――レイテ・ハンガリアが命じるわ！　使用人どもッ、わたし様に新聞をよこしなさいッ！」

『はいレイテお嬢様ああああああああッッッ！』

一声命じると、数十人もの使用人たちがそれぞれ新聞を持ってきた。

い、いらねぇ～。

「ひとつで十分だから帰りなさい……」

『はぁいッッッ！！！』

適当な使用人から新聞をひとつもらって全員下がらせる。

なんか庭師まで押しかけてきたんだけど、仕事しなさいよアンタら。

「まったく、どれだけわたしに媚びへつらいたいのかしら。まぁそんなことよりも……」

紅茶を飲みながら、『ストレイン王国新聞』を広げる。

この国で唯一発行が許されている新聞だ。王都から離れたこの『ハンガリア辺境領』にも半月遅れでやってくる。おっそ。

「さてまずは四コマ漫画の『オホちゃん』でも……って、何この見出し？　え……ええ!?」

〝第二王子が革命を起こして、第一王子と国王を殺害〟!?

「それで、第二王子が新たな国王になったって……!?　えぇぇ……？」

何この記事!?　な、なんかいきなり衝撃情報が出てきたんですけど～!?

「あー何なに？」

〝新政権の発表によると、第一王子と前国王は極悪人であり、裏では私腹を肥やしていた〟？

「……それマジなわけぇ？」

国王様やらの悪い噂なんて聞いたことがない。

んー……明らかに革命を正当化するためのでっちあげな気がするけど、突っ込んだら終わりね。

「これから荒れそうねぇ。政争に巻き込まれるのは勘弁だわ」

このレイテ様は極悪だからね。弱い民衆を虐（しいた）げるのは大好きだけど、強い権力者とガチ決闘（デュエル）はイヤイヤなのよ。

そん時は領民を守備にして命（ライフ）を守るわ。

「第二王子を支持する貴族がこれ見よがしに、死んだ国王を支持していた貴族を襲撃して領地簒奪（さんだつ）とかありそうねぇ」

まぁその点ハンガリア領は大丈夫だと思うけどね。

ウチはどこの派閥にも属していない上、辺境伯として『未開領域（みかいりょういき）』からやってくる魔物どもを抑え込む仕事があるからねー。

土地自体はかなり広いけど、ウチを奪ったら魔物の対処に追われなきゃいけなくなるから、よほど下手なことしなけりゃ攻め込まれないでしょ。

「うーん、民衆どもにはしばらく王都に行かないよう注意勧告しようかしら。向こうは今荒れてるだろうし、トラブルに巻き込まれて火種作られたら面倒だもの」

はぁ～ホント革命とか面倒なことしてくれたわねぇ第二王子。

そのうち王城からの使者がやって来て〝新国王に仕えるか？〟って確認取ってきそうね。それまで大人しくしてましょ。死にたくないし。

「……殺された第一王子も災難だったわね。たしかまだ十八歳だって話なのに」

顔は一応知っている。黒髪金眼のどえらい美丈夫だったはず。

王子なのにずいぶんと武芸に優れていたらしく、王都の剣術大会などでよく優勝していたようだ。

そのため、たびたび新聞にトロフィーをもたされた写実絵が載せられていたんだけど……。

「顔立ちは整ってるのに、いつも仏頂面なのよねぇ……。未来の為政者としてアレどうなのよ」

その結果、ついた異名が『氷の王子』だそうだ。たぶん皮肉も混ざってると思う。

まぁそんな不愛想男だけど、いきなり革命起こされて弟に殺されるのはさすがに可哀想過ぎるわよねぇ。

ご冥福をお祈りするわ。と、死んだ王子にさすがのわたしも憐憫を覚えていた時だ。

ドアから顔を出した眼鏡執事が「お嬢様」と声をかけてきた。

「何よ。踏んでほしいってお願いは聞いてあげないわよ？」

「そんな……っていえ、そうではなく。お嬢様にぜひ会いたいと、商人の方がやってきました」

「商人？」

頷く執事。彼は「王都からやって来たそうですが」と言った後、眼鏡の奥の瞳に嫌悪感をにじませた。

「……奴隷商人だそうです。それも傷病者を多数扱うような、悪徳商のようですが」

「へぇ」

ここでわたしの極悪頭脳はグルグル回った。

ちょうど〝革命こわいなー〟と思っていたところだ。

何せわたしは極悪女領主様だからね。恨みを抱えている民衆たちは多いだろう。へこへこしてる連中だって、お金が欲しいから面従腹背しているだけだ。

だからこそ、このレイテ様に絶対服従するような奴隷たちが欲しいと思っていたのよ……！

「いいわ、例の奴隷商に伝えなさい。売り物全員引き連れて、客間までおいでなさいとね」

客間にて。

「――やぁ～まいどまいど！　アポなしなのに会ってくれて嬉しいわァ！」

例の奴隷商人というのは、軽薄そうな若い男だった。

前髪の長いキノコ頭で目が隠れてるんだけど。それちゃんと前見えてるの？

あと、彼の背後には、

『うぅ……』

死んだ雰囲気の奴隷たちがいた。

その多くが全身を包帯で包んでおり、立っているのもやっとという有り様だ。

「んじゃ自己紹介といきまひょか～」

そんな奴隷たちに一切気を遣うことなく、商人は慇懃に頭を下げる。

「ワイは奴隷商のノックス・ラインハートっちゅーモノですぅ。今後ともよろしゅう」

「わたしはレイテ・ハンガリアよ。よろしくね、えーと……キノコくん」

「名前まったく合ってないやん……」

ええ……と不満げなキノコくん。アンタの名前なんてどうでもいいからさっさと商談を進めなさい。

「はぁ、じゃあ仕事話といきまひょか。今回ワイが持ってきたのはこの通り、三十名ほどの男奴隷になりますぅ」

「全員買ったわ」

「まぁどこぞの敗残兵(はいざんへい)たちで傷だらけやけど、お貴族はんなら拷問用にでも……って、え!?」

何よキノコくん、何固まってるのよ。さっさと契約用紙を出しなさいよ。

「い、いやいやいやいやいや……！　傷病奴隷とはいえ一括買いって、結構な額になりまっせ……!?　それにワイが言うのもなんやけど、中には死にそうなヤツも……」

「えぇ〝視(み)えてる〟わ。特に左端にいる黒髪の彼。全身火傷(やけど)まみれだし、明日にも死ぬでしょうね。敗血症で多臓器不全を起こしているもの」

「!?」

わざわざ説明しなくてもいいわ。この極悪令嬢レイテ様にはそういうのがわかるのだ。

「視えとるって……まさか、『ギフト』かいな!?」

そう。貴き血統の者の中には稀に、ギフトと呼ばれる異能力を発現する者がいる。

もちろん神から愛された美とおつむを持つレイテ様もギフトの発現者だ。ふふ～ん。

「わたしのギフトは『女王の鏡眼』。見た対象の弱り具合や、弱い部分を見抜ける能力よ」

うっふっふ。まさに悪の権化にふさわしい異能よね。

弱っている者を見抜いてさらにイビッてやれるとか、極悪過ぎるわ。うひひ！

「というわけでその傷病奴隷、全員置いて帰りなさい」

「っていやいやいや……！　死にかけのヤツが見抜けるんなら、そいつだけ買わない手も……」

「黙りなさいキノコくん。このレイテ様が、そんなせせこましい真似をすると思って？」

貴族だったら一括買い一択よ！

あとの買い手たちのことなんて気にせず、領民が稼いだお金を使って大人買いしてやるのだわ～～！

ふぅー極悪ーーーッ！

「それで、売るの、売らないの、どっちなの？」

そう訊ねると、キノコくんは妙な顔をしながら、

「……わかったわ、全部売るわ。レイテ嬢の噂はホンマやったんやねぇ……」

と言ってきた。

あら、わたしの極悪っぷりってば王都の商人にも知られてるみたいねぇ。

おーーーーーーっほっほ～～～～～～！

第2話　奴隷買ったら王子様だったわよ!?!?!?!?

「――さてと」

商談を終えた後のこと。キノコくんは去り、わたしの前には三十名ほどの傷病奴隷たちが残った。

みんな状況についていけてないって表情だ。まぁ最初の死んだ顔よりマシね、辛気臭かったし。

「アナタたちを買ったのは他でもないわ。このレイテ・ハンガリア様に服従させ、死ぬまでわたしを守らせるためよ」

そう言うと、さらに彼らは困惑した。って何よ。

「――すま、ない。ひとつ、いいか？」

左端の青年が声をかけてきた。

わたしが〝視る〟に明日にも死にそうな人だ。

負っている傷は全身火傷と全身裂傷。粗末な包帯こそ巻かれているものの、そこからは膿と死の臭いが漂っており、『女王の鏡眼』を使わずとももう駄目だとわかる有り様だった。

特に顔なんてグズグズだし。

……なのによく立ってられるわね。よほどタフなのかしら?

「アンタ誰よ。名前は?」

「俺の名はヴァイス………ただの、ヴァイス。下級兵士だ」

ふむ覚えたわ。で、そのヴァイスくんが何用かしら?

「キミは俺たちを、〝死ぬまでわたしを守らせるため〟に買ったというが……。見ての通り、俺たちは傷だらけの有り様だ。護衛役をするには、荷が重い。だから」

そう言うと、彼はその場に片膝をついた。

「無理をさせるなら、どうか俺だけにしてくれ……! 残る者たちは、安静に治療してやってくれ……!」

あら生意気ね。この奴隷ってばいきなり主人にお願いしてきたわ。下級兵士のくせになんか偉そうね。

残る連中も、戯言(ざれごと)を吐く彼に涙を流しながら「なんてお人だ……!」「自分たちなどどうか構わずッ!」と、何やら敬意を感じる物言いをしている。

よくわからないけど人望がある下級兵士さんなのね。

でも悪いけど、

「駄目よ。全員今日から働いてもらうわ」

「ッ!?」

瞠目するヴァイスくん。

不服そうだけど当たり前だ。高いお金を払ったんだから、さっさと働いてもらわないと。

「キミは……いやお前は……ッ！　なんて、極悪な……ッ！」

「あはっ、よくわかってるじゃないヴァイスくん！　そう。わたしこそが悪の権化、レイテ・ハンガリア！　邪悪極まるこの地の女王様よ！」

あぁわかりやすい怒りや憎悪は心地いいわねぇ！

ウチの領地はそういうのを隠すのが上手い連中ばかりだけど、どうやらヴァイスくんは腹芸ができないみたいね。逆に安心するってものよ。

「……俺たち傷病奴隷を余さず買い取ってくれた時には、善意の貴族かと信じていたのだが……」

「それは残念ね。あいにくわたしは利もなく金を使う『善意の貴族』じゃなく、実利を求める『悪意の貴族』様なのよ。これからは馬車馬のように働くことねぇ」

「くっ……！」

というわけで、

「――『聖神馬(ユニコーン)の霊角(れいかく)』よ、この者たちを癒やしなさい」


瞬間、黄金の光が奴隷たちを包み込む。

「これは……っ!?」

「なんだ、この温かな輝きは!?」

「痛みが、引いていく!?」

混乱する彼らを見ながら、わたしはゴシックドレスの深い袖口から一本の角を取り出した。

これぞ『聖神馬の霊角』。願うことであらゆる傷と病を癒やせる伝説のアイテムだ。まぁ使うたびに目減りするから、一気に三十人も癒やしたことでわたしのおててに収まるくらいの大きさになっちゃったけどね。

「なっ……『聖神馬の霊角』だと……!? そんなものを、そんな……ッ」

死に体だったヴァイスくんもピカピカだ。

包帯の隙間から覗(のぞ)く肌は白さを取り戻し、焼けて燻(くす)んでいた黒髪にも艶が宿った。

「ま、こんなところね。これで働けるはずよね？」

『……、……』

奴隷集団は黙り込んだままだ。

火傷や裂傷だけでなく、潰れていた目鼻や欠けていた指や手足がもとに戻った様を見て、呆然と震えている。

そんな中、ヴァイスくんだけが口を開いた。

「おま、いや……キミは、なんなんだ……？」

「レイテ・ハンガリア辺境伯。好きな食べ物は肉と卵かけライス、趣味はお散歩と猫鑑賞」

「そうではなく」

じゃあなんなのよ。質問の意図が分からないんですけど。

「キミは自身を、〝実利を求める悪意の貴族〟と称したな。だったらなぜ、奴隷風情に『聖神馬の霊角』なんてものを使った？　売れば数十億ゴールドはする代物だぞ……！」

「あぁ、そのこと？」

そんなことで戸惑ってたのね。そんなの簡単じゃない。

「理由はひとつよ。『絶対に裏切らない護衛』を作るために、アナタたちに恩を売りたかったの」

「何……？」

「アナタたちは傷病奴隷。全員ずたぼろな有り様の上、衣食住も頼れる相手もないでしょう?」

ゆえに、

「だからこそ、このレイテ様が全力で助けてあげるってわけよ！　身体の不調はもちろん癒やすし、金銭も住居も与えてあげる！　怪我の心的外傷で眠れないなら、よしよしだってしてあげるわ。悩みがあるなら聞いてあげる」

ふっふっふ。こうしてドップリとケアしてあげることで、

「これで、アンタたちはいくらわたしが嫌いだろうと、裏切るのを躊躇うようになるわけよッ！　これが極悪令嬢のやり方よーーーッ！」

おーーほっほっほーーー！

あぁ気持ちいいわぁ！　奴隷たちってば、睨むようにわたしを見ながら握った拳を震わせてるわ！

きっとみんな、『なんて邪悪な美少女なんだ……！　断罪したいが、彼女を害せば頼る相手をなくしてしまう。自分たちはどうすれば……！』とか悩んでいるのだろう。

うふふふふ。どこの兵士たちかは知らないけれど、兵役についていたからにはきっとみんな正義の人のはずよね。

そんな連中を葛藤(かっとう)させるわたし……なんて邪悪なのかしら！　うほひ！

「というわけで、さっそくアンタたちには働いてもらいたいわけだけど……って、何よヴァイスくん。なんだかまだまだ不満顔ね」

「いや……不満というか……」

包帯に隠れた口元をもごつかせるヴァイスくん。言いたいことがあるならはっきり言いなさい。

「……数十億もする『聖神馬の霊角』を使うなど、恩を売るにはやはり出費し過ぎだろう……。それが、理解できないというか……」

「はぁ？　何言ってんの？」

こっちこそ彼の言いたいことがわからない。

数十億の出費？　だから何？

「まずひとつ言っておくわ。わたしの命は、数十億よりずっと価値があるのよ。だったらソレを守るためにお金を使うのに、なんのためらいがいるのかしら？」

「すごい自信だな」

「極悪だもの。そして」

ヴァイスくんの背後に立つ男たちを見る。

「アナタたちは、そんなわたしの『民（モノ）』になるのよ？　ならば数十億の価値ある偉業くらい、いつかは打ち立ててくれるでしょう？」

『っ……！』

はい講義終わり。

やれやれまったく、わたしに仕えるんだからそれくらい判ってもらわなきゃ困るわよ。

「あぁ、いろいろ話してたら肩が凝ったわぁ」

そう言って肩を回すと、ヴァイスくん以外の連中が目を輝かせて、

『もっ――揉（も）ませてくださいレイテ様――ッ！』

っていきなり何よ!?

◆　◇　◆

「えぇいシッシッ！　わたしの肩を揉みたくば、まずはお風呂に入って身を綺麗にしなさい！　ふかふかな着替えも用意してあるから！　あ、ちゃんと耳の裏まで洗いなさいよね!?」

『ママ……!?』

「誰がママよッッッ！」

群がってきた元傷病奴隷たちを追っ払う。

あぁまったく。この連中もこうなるのね。わたしがちょぉ〜っとお金持ちな余裕を見せたら、すぐ媚びへつらってくるんだから。

どうせ『優しくしたら金出しそう』とか浅ましい欲望を抱えているんでしょう。

あるいはわたしを油断させて暗殺でもする気かしら？

でも残念ね。この聡明なるレイテ様はそういうの見抜けちゃうんだから。無駄無駄無駄無駄よ。わたしたぶんIQ200あるし。本とか100冊くらい読んできたし（漫画とかだけど）。

「ふむ、その点……」

バカ騒ぎの中、唯一冷ややかに立ち尽くしているヴァイスくんのほうを見る。

「アナタ、不愛想ね」

「っ、すまない、別に感謝してないわけじゃ……」

「いえ気に入ったわ。これからもそのままのアナタでいなさい」

「……!?」

わたしが褒めてあげると、ヴァイスくんは何やら驚いた様子だ。って何よ?

「いや……俺は昔から感情が顔に出づらく、相手を不快に思わせてしまうことが多かったのでな。そんなふうに言われたのは、初めてだ」

ほーん。まぁヴァイスくんって身長もおっきいし細マッチョって感じだし、そんな男に無表情で関わられたら怖いわよね。

でも残念。わたし様ことレイテ・ハンガリア様の心には恐怖心なんて感情、存在しないのよ。

むしろ睨みつけてこいつを怯(おび)えさせてやるわ。

ムムム。

「……可愛(かわい)いな」

「はぁ!?」

ってこっわ!?　無表情でいきなり何言ってくれてんのよこいつ!?　てかビビりなさいよ！　しゃーっ！

「あぁ、すまん。昔から思ったことがすぐ口に出てしまうんだ」

「な、なんなのよアンタ……」

なんかとんでもないヤツを拾っちゃったわねぇ。

不愛想で口に戸を立てられない体質とか、為政者としての素質ゼロね。下級兵士でつくづくよかったって感じ。

まぁその代わりに、言動に嘘がないおかげか他の兵士連中からは好かれているようだけどね。

現場で頼れるタイプみたいな？

「――ヴァイス様」

とそこで。兵士たちの中でも筋肉質の青年が彼の名を呼んできた。さわやかマッチョって感じね。

って、んん？　『ヴァイス様』？　なんで下級兵士にへりくだってるのよこの人。

「僭越（せんえつ）ながら申し上げます。彼女にならば、正体を明かしてもよいのでは？」

「む、しかし迷惑になるのでは……」

「大丈夫ですよ。……そもそも我らを買い入れて下さった時点で、レイテ嬢も覚悟はしているはず。であればむしろ、身を偽（いつわ）っているほうが不義理になるのでは？」

は、はぁ……？　なんの話をしてるのよこいつら。

正体って何？　あと、覚悟って何？

わたしは王都からやって来たっていう奴隷商から、傷だらけなどこぞの兵士のアンタらをテキトーに買っただけだけど？

……って、んん……？

『王都』の商人が連れてきた……なぜか『傷だらけなどこぞの兵士』って……まさか……？

「そうだな。では我ら一同、改めて自己紹介と行こう」

『ハッ！』

瞬間、ヴァイスくんの言葉に息を合わせ、浮ついていた兵士たちが一斉に整列した。

そこから筋肉質の男が一歩前に出て、そして……！

「我ら、『ストレイン王国騎士団』！　革命を受け敗れ去ったッ、生き恥晒しの軍勢であります！」

ふぁッ、ふぁあああああああーーーーーーーー!?

スススッ、ストレイン王国騎士団!?　革命を受け敗れ去ったって……つまりは今の政権の、残敵たちってわけ!?

「……恥ずかしながら、敗走中に例の奴隷商人の手の者に捕まってしまいましてね。『無銭で散る命なら商材にしたるわ』と言われ、遠方の地まで売り飛ばされたわけでして」

知らないわよ！

「まぁ〝革命後のタイミングで王都の商人が売りに来た、傷だらけの元兵士〟とくれば、誰でもその素性に気付くでしょうけどね」

気付いてないわよ！

「レイテ様も、察した上で買い取ってくれたのでしょうが……」

察してないわよぉおおーーーーーッ!?

馬ッ鹿じゃないの!?　現政権の敵だとわかってたら抱え込むわけないでしょうが！

それを三十人も丸っと引き入れたとなれば、反逆を疑われても仕方ないわよ！

ア、アホーーーーーーー！

「ここで買い取られていなかったらどうなっていたか……！」

「リスクを負ってまで召し抱えて下さった上、致命傷や欠損すら癒やしてくれるなんて……！」

「このご恩は一生忘れませぬ……。あの奴隷商も、レイテ様の人徳を知って我らを売り込みに来たのでしょう」

って勝手なこと言ってんじゃないわよ！

わたしは何の真実も知らず、なんとなくアンタらを買っただけで…………なんて、そんな格好悪いこと言えるわけがない……！

というわけで、仕方なく……。

「そ、そうわよ！　このレイテ様にはそれくらいの真実お見通しよッッッ！」

『オォォ～～～～～！』

チ、チクショーーーーーーッ！　覚えてなさいよ奴隷どもッ！

この極悪女王であるレイテ様に出まかせを言わせた屈辱、いつか晴らしてやるからねッ！

うぅぅ……わたしって嘘つくと気分悪くなるのよね……。

なんかもう疲れたし寝たいわ……。へこむ〜。


「ではレイテ様」

「って何よ!?」

な、何!? まだ何かあるの!?

わたし、アンタらみたいな爆弾を抱えちゃった時点でいっぱいいっぱいなんだけど!

「聡明なるレイテ様ならば、これも気付いているかもしれませんな。こちらにおわす『下級兵士ヴァイス』、その正体に」

いや正体ってなんなのよ!?

えッ、そりゃ妙に堂々としてたり包帯に隠れてるけど顔の雰囲気がいい感じだったり、アンタらから慕(した)われてて変な下級兵士ね〜とは思ってたけど、正体って何!? 説明しなさいよヴァイスくん!

「レイテ嬢。騙(だま)していて、すまなかったな」

そう言うと、ヴァイスくんは顔に巻かれた包帯をはぎ取り、その、新聞でよく見た素顔を、わたしの前に晒して……!

「俺こそが、第一王子『ヴァイス・ストレイン』。革命の前に散った次期国王だ」

って、特級の爆弾が出てきたぁ――――――――ッ!?

第3話　再革命とか言い出したわよ〜〜〜〜!?

「——恥ずかしい話、俺は大臣たちから好かれていなくてな。連中はこぞって第二王子の革命に賛同してしまった」

「へ、へぇ……」

衝撃のカミングアウトを受けた後のこと。

ひとまずみんなを風呂場に叩き込んだのち、実は王子だったヴァイスくんと騎士団の副団長だという筋肉質の青年・ソニアくんを呼び出し、詳しい話を聞いていた。

「まぁこんな不愛想な男だからな。こうなったのも仕方ないか……」

「いえヴァイス様は悪くありません！　むしろ大臣どもは、賄賂や色仕掛けに一切靡かないその実直さを嫌ったのですッ！　このままアナタ様が王となれば不埒な真似はできなくなると考え、第二王子を唆したのでしょう……！」

「ふむ……だとしても臣下たちを抑えきれなかったのは事実。その時点で、俺に未来の王たる資格はなかったということだ……」

……何やらわたしの前でクソデカスケールな後悔をしている元次期国王様。

己が器に思い悩む王族が目の前にいるとか、なんか信じられないわね……。

まぁ一番信じたくないのは、今や国家の敵であるこいつらを抱え込んじゃったわたしの現実なわけだけどネ。へこむ～。

「っと、すまないレイテ嬢。つい内輪で話してしまったな」

「ずっと内輪で話しててていいわよ。わたしに関わらない形で」

「あぁ気を使ってくれるのか。キミは本当に優しいな」

ってどうしてそんな評価になる!?

わたしはもうアンタたちのトラブルに関わりたくないだけよ！　あとわたし、悪の女王様だからッ！　優しさとかないからッ！

「まぁ聞いてくれ」

や！！！！！　や！！！！！！

「革命時の詳細についてだがな、幸いにもほとんどの王国騎士たちは俺に味方してくれた。俺の弟、第二王子・シュバールは、大臣たちは味方にできても肝心の戦力は集めきれなかったわけだ」

ぎゃー！　聞きたくないのに歴史の裏話語ってる〜！

「そこで第二王子陣営は、大胆な策に出た。悪名轟く傭兵大結社『地獄狼』を雇い入れたのだ」

絶対ろくでもない組織出てきたッッッ⁉

「『地獄狼』。万にも及ぶ団員数を誇り、さらには多くの『ギフト』持ちすら所属しているという戦争集団だ。とにかく凶暴な連中でな、ヤツらを雇い入れたが最後、敵軍どころか味方にさえ被害が及ぶと有名だ」

「へぇぇ……」

あぁ、なんか新聞で読んだことあるかも……。

ここ十年くらいの間にあちこちの戦場に出没するようになった連中で、とにかく鬼ほど強くて凶悪で、通った後は血と絶叫と惨劇に塗れるとか……。まさに地獄の餓狼の群れね。

そ、そんな連中が第二王子の手元にいるとか、いやぁあああ〜〜〜……！

「すべてを知ったのは、ヤツらの首領『傭兵王』と対峙した時だがな。その時にはもう王城は焼け落ち、父王陛下も兵たちも殺し尽くされた後だったさ……」

声を落とすヴァイスくんに、ソニアくんが言葉を続ける。

「まったく許しがたいことです……。第二王子は、『地獄狼』の連中に〝王族用の隠し避難通路〟を教え、そこから城の内部へと攻め込ませたのです。その結果」

「革命に成功されちゃったわけね」

うん。革命時の詳細は分かった。

それと同時に、〝絶対に関わっちゃいけない案件〟だっていうのも改めてわかった……！

まったくもう。悪の支配者たるわたしは、あくまで弱い者を虐げるのが好きなのよ。わたしよりも偉い第二王子陣営とか、例のアホみたいにやばい傭兵団とかとは間違っても対峙したくないわ……。

「ちなみに、第二王子がヴァイス様の殺害に成功したと報じているのは、そうすることでヴァイス様支持派の意気を挫くためでしょう。多くの武闘大会で優勝してきたヴァイス様は、男たちの憧れですからね」

自分もその一人なのか、ヴァイスくんに対して尊敬の眼差しを向けるソニアくん。

しかしヴァイスくんは、その視線から目を逸らした。

「……俺など奉じる価値はないさ。鍛えた腕も『傭兵王』には敵わなかった。俺は無力で駄目な男だ」

は？

「俺は敗者だ。多くの兵士を犠牲にした上、最後は城の崩落に助けられる形で、命からがら敗走した恥知らずだ」

はぁぁ？

「加えて火傷まみれだったことを利用し、誇るべき身分を隠してしまった落伍者だ」

はぁぁぁぁ……？

「そんな俺が、尊敬される権利など」

ヴァイスくんの言葉は続かなかった。

俯く彼のほっぺに、わたしがビンタをかましてやったからだ。

「なっ、レイテ嬢……!?」

「この、アホ王子！」

こんのスットコドッコイを怒鳴りつけてやる！

まったくアンタは、何を言ってるのよ!?

「アンタ、兵士からは好かれてるんでしょう？　そこのソニアくんからも尊敬されてるんでしょう!?」

「あ、あぁ、まぁ」

「だったらッ、堂々と胸を張りなさいよッ！　みんなの憧れを否定してんじゃないよ！」

「っ!?」

あぁまったく許せない。

尊敬なんて望んでもされるものじゃないのに、それをポイッとする言動とか。そんなのは悪徳以前にアホよアホ。

「レイテ嬢……だが俺は、期待を裏切って敗北したわけで……」

「でも生きてるでしょ？　逆に考えなさいよ。アンタは、例の凶悪な傭兵団が『内側からの奇襲』なんて真似をしたのに、それでも仕留めきれなかったのよ？」

そんなわたしの言葉に、ソニアくんが「そ、その通りですよッ！」と頷いた。

「ヴァイス第一王子！　アナタは窮地より生き延びたことで、我らの希望を繋いでくださったのです！　これは誇るべき偉業です！」

「ソニア……」

「レイテ様のおっしゃる通りですよ。何が恥知らずですか、何が落伍者ですかッ！　私が男として尊敬する相手を、馬鹿にしないでほしい！」

うんうん。言ってやれソニアくん。

こういう唐変木には時々ガツッとかましてやればいいのよ。

さぁて。これでさすがのヴァイス王子も、反省してやる気を出すんじゃ……って、んん？

「ソニア、そして何より、レイテ嬢。ありがとう……お前たちのおかげで目が覚めたさ……！」

って、なんかヴァイスくんの瞳に意志の光が輝いてるんだけど!?

全身から覇気みたいなオーラが出てるんだけどぉおおーーー!?

「ヴァ、ヴァイスくん、あのー……？」

「レイテ嬢、改めてキミに感謝するぞ。俺は、キミのおかげで〝為（な）すべき事〟を見出せた」

やる気ムンムンッのヴァイスくん。な、な、為すべき事ってまさか!?

「俺は第二王子を討ち、この王国を取り戻すッ！」

ってうぎゃあああああ!?　革命返し（レコンキスタ）誓っちゃったぁーーーーーーーーッ!?

未来の大戦争確定だぁ〜〜〜!?

「ちょちょちょっ、ヴァイスくん！　その決断は、あのっ、そのっ！」

お願いだからやめてほしい……と言おうとしたところで、ヴァイスくんに手を握られた！　ひえっ！

「この決断は、キミのおかげでできたものだ」

「ファッ!?」

「これより征(ゆ)くは修羅の道だ。多くの犠牲と混乱が生まれるかもしれないが、それでもキミのおかげで決心できた」

「ちょいちょいちょいちょい!?」

「あぁレイテ嬢。キミが背中を押した再革命者(オレ)の行く末を、どうかその目で見ていてほしい!」

いやいやいやいやいやいや押してない押してないそんな背中押してないし見たくもないッッッ!

わ、わたしはあくまで地方の悪党よ。

支配下の民衆を混乱させるのが好きなだけで、一大国家を大混迷させる歴史の立役者になんてなりたくないわよッッッ!

「ヴァヴァ、ヴァイスくーん……!　お願いだから落ち着いて……」

『うぉぉぉぉッ!　レイテ様万歳ッ!』

とその時、部屋の外から野太い喝采(かっさい)が響いてきた。

扉が一気に押し破られ、興奮状態の王国騎士たちが雪崩(なだ)れ込んでくる……!

って何よぉ!?

「これまでのやりとりッ、失礼ながら立ち聞きさせていただきましたッ!」

「ありがとうございますッ！　王子を尊敬する俺たちの心と、何より失意の中にあった王子をお救い下さりありがとうございますッ！」

「身体だけでなく、アナタは我らの魂すらも救ってしまうのか……ッ！　うおおおおおお！」

ひぃっ、なんなのよこいつら!?

ちょっ、泣きながら『レイテ様万歳レイテ様万歳』叫ばないでよ！

そんな馬鹿騒ぎしたら屋敷の使用人たちも集まってきて……あッ、アイツらまで一緒に万歳コールし始めやがった！　ふざけんなバァァァカッ！

「レイテ嬢。この辺境の地で、キミという存在に出会えてよかった……」

「うひぃぃぃぃ……！」

ぎゅっぎゅっと何度も手を握ってくるヴァイスくんに、わたしはもはや立ち尽くすしかない。

こ、これからわたし、どうなっちゃうわけ～……？

第4話　わたし、十六歳なんですけど!?　領主の仕事やってるんですけど!

「わたし、起床ぅ……！」

傷病奴隷たちを買った翌日。わたしはグロッキーな気分で目を覚ました。

いやぁまさかね。テキトーに買った奴隷たちが新政権の残敵の上、そこに王子まで紛れてたとはねぇ。

しかもわたしの何気ない言葉で〝再革命(やや)〟る気になっちゃうとか、そんなのありえないでしょ。

……ん？　ありえない？　ハッ！

「そ、そうよッ、そんなこと現実にあるわけないわよ！　きっと昨日の出来事は全部夢なのだわっ！」

そうそうそうに決まってるわよ！　今までの出来事はぜーんぶ夢！　そうわよそうわよー！

「起こしに来たぞ、レイテ嬢」

「そうわよッ!?」

突如、部屋へと響く男の声。

わたしがドアのほうを見ると……！

「ヴァ、ヴァイスくんだぁ……！」

「俺だ」

そこには昨日の悪夢の象徴、ヴァイス第一王子が立っていた……！

「ふぁぁ、やっぱり夢じゃなかったんだ……！」

「どうした、寝ぼけているのかレイテ嬢？　ちなみにどんな夢を見たんだ？」

「爆弾に囲まれる夢」

「ならば安心するがいい。俺がキミを守り抜こう」

って無駄にいいセリフ言うな！　爆弾ってのはアンタよアンタ！

「とにかく起きよう。小鳥のさえずるいい朝だ」

こちらの気など一切知らずに近づいてくるヴァイスくん。

ちなみに彼の服装は、『護衛役』用の威圧感ある軍服っぽいスーツとなっていた。

「あぁそうだったわね……。あれから騎士たちは領地の兵団に回して、アナタは召使い兼ボディガードとしてわたしを世話するよう命じたのよね」

昨日のことを思い出す。

〝第二王子にいざ逆襲！　いざ再革命（レコンキスタ）！〟と無茶苦茶やばい方向に熱狂していた騎士たちとヴァイスくん。

さらにはそこにウチの使用人たちまで混ざって、〝再革命の暁には、我らがレイテ様を王族に！〟とか、意味わからんことを叫ぶ始末だった。

ああ、このままじゃまずい。

わたしはこの僻地（へきち）で民衆どもをいたぶっているだけで満足な悪党なのに、このままじゃ政権闘争に巻き込まれてしまう……！

そう思ったわたしは、ひとまずみんなを落ち着かせるために、

〝いきなり戦いを挑むのは無謀よ。しばらく普通に生活して、ゆっっっくりと戦力を集めましょう〟

と言って、一旦その場を収めたのだった。

それに対してアホ連中は〝さすがはレイテ様！　なんて冷静で的確な判断なんだ！〟とか媚びたことほざいてたけどね。

いやふざけんな。アンタらがトチ狂ってるだけなのよ。

「まぁいいわ……。それじゃあヴァイスくん、今日からよろしくね」

「ああ。専属のボディガードといえば、主君の寝首をラクに掻ける立場だ。そんな役目を与えてくれるとは、俺のことを信じてくれているのだな……！」

ってちッッッげぇわよッ！　無表情のまま目を輝かせるな！

今や『第一王子』といえば王都に見つかったら即攻め込まれる爆弾なんだから、わたしの手元に置いておかないとハラハラして仕方ないのよッ！

「ずっと側にいなさいよね！」

「照れる」

殺すぞッッッ!?

「ったく……。あぁそうだ、外を歩く時にはコレを身に付けてなさい」

ベッド脇の小物入れから包帯を取り出す。

わたしは悪党だからね。使用人どもに寝込みを襲われた時のために、医療セットを寝室に用意してるのよ。

まぁ今のところ使った機会は見習いメイドがうっかり転んで膝擦りむいた時しかないいんだけどね。

だらだらと血を流しながら仕事されたら、わたしの屋敷が汚れちゃうもの。

「この包帯で、顔の半分……目の周りでもグルグル巻いておきなさい。そしたらもし王都の者に顔を見られても大丈夫でしょ」

「ふむ。目の周りをグルグル巻いたら前が見えなくなるんだが？」

「目はちゃんと見えるようにするのよ」

「ふむ？」

「だから、目だけ開くようにして……」

「ふむむ？」

いやふむむって何よ。

「……あーもう、やってあげるからベッドに腰掛けなさい」

「助かる」

では失礼してと、丁寧に腰を落とすヴァイスくん。

うわすごいベッドがギシッてなった。

引き締まった身体の中によほど筋肉が詰まっているのか、思わずわたしのお尻が浮きそうになったわ。体重差どんだけあるのよ……。

「レイテ嬢のベッドは柔らかいな。とてもふかふかだ」

「高級品だからね。てか王子様なら、高級ベッドの感触くらい慣れっこじゃないの？」

「いや、俺はよく鍛錬に熱が入って訓練場で寝ていたからな。兵の訓練に参加して四時間ほど剣を振るったあと十六時間も自主練で剣を振るうと、その場で意識が落ちて気持ちいいぞ」

「って鍛え過ぎでしょどんな王子よ!?」

顔は無表情でクール系なくせに、変なとこあるわねぇこいつ……。

「特訓気絶部の王子様とかどうなのよ……」

「仲間を募集中だ。兵たちも付き合ってくれようとするが、みんなゲロ吐いて死にかけてしまう」

「当たり前の話でしょーが」

……でもそのうち見てみたいわね。そこまで鍛えたこいつの剣技。

「はい、それじゃあ大人しくしてなさいよ～」

トンチキ王子の前に立ち、額あたりから包帯を回していく。

「クルクルっと巻いて……。うーん、念のために片目は隠しちゃいましょうか。そこだけ包帯一枚にしておけば、透かして見えるから不自由ないでしょ」

「ああ、俺の金眼(きんがん)は珍しいものだからな。片方だけでも隠しておこうか。再革命の日まで潜伏できるよう、念を入れてくれ」

そんな日は来てほしくないんだけどねー……。

あと今は喋らないでほしい。首下あたりに吐息がかかってくすぐったいのよ。

「ギュッと縛って……はい、できた。これで身バレの可能性は減るわね」

「ありがとう。これから毎朝頼んだぞ」

「いや自分でやりなさいよ」

はぁー……なんだかんだでこいつ王子ね。

世話されるのに慣れてますって感じだし、どっか抜けた雰囲気あるし。

「まったく、子供じゃないんだからシャキッとしなさいよね」

「反省する。その点、レイテ嬢はすごいな。大人という感じだ」

「あらあらっ!?」

まぁまぁ嬉しいこと言ってくれるじゃないの。

そうよそうわよ、わたしは大人のレディなのよ。わかってるじゃないのヴァイスくん。

「うふふ、嘘だったら承知しないわよっ！」

「事実だ。レイテ嬢のことは、十歳程度なのにすごいなぁと思っている」

ってわたしは十六歳よバァァァカ！！！

「――レイテ嬢。もっとご飯を食べたほうがいい。キミのことが心配だ……！」

「わりと食べるほうよっ！」

朝食後のこと。

わたしが年齢を告げてから、ヴァイスくんがずっとこんな調子だ。

あぁもうまったく失礼しちゃう。

王都じゃ『氷の王子』と呼ばれるほど不愛想で物静かなくせに、わたしの歳を聞いた瞬間〝十六歳ッッッ!?〟とデッカい声で叫んだりしてさ。

「ったく。アンタ、悪の女王を舐めてるんじゃないかしら？」

「悪の女王だと……!?」

顔色を一気に変えるヴァイスくん。

護衛役として与えた腰の剣に手をやり、真剣な眼差しで周囲を警戒して、

「一体どこにいるんだ、悪の女王は……!?」

「ってわたしよわたし！　わたしが悪の女王様よ！」

「えっ」

えっッッじゃないわよ！　なんなのこいつ⁉　マジでわたしのこと馬鹿にしてるの⁉

「いい加減に怒るわよ⁉」

「いや、すまない。たしかに最初は悪ぶった言動をしていたが、キミが悪い人間だとはとても……」

「はぁ〜〜〜？」

どんだけ節穴なのよヴァイスくん。

わたしのような極悪令嬢が悪に見えないとか、人を見る目がなさ過ぎでしょ。

「まったく呆（あき）れたヴァイスくんね」

「ああ、革命に敗れて王位継承権をなくした呆れたヴァイスくんだ」

「クソデカスケールな自虐すんな」

……やれやれ、ちょっと教えてあげますか。

このすっとぼけた男に、わたしがどれだけ極悪なのかをね。

わたしは立ち上がると、フフンッと彼のほうを見て笑った。

「見せてあげるわ。この『悪の支配者』、レイテ・ハンガリア様の優雅な一日をね！」

「女王じゃないのか？」

うるさいわ！

はいというわけで、やってきました『ハンガリア』の街。

極悪領主・レイテが治めるこの世の地獄よ！

「おーっほっほー！　働いているかしら民衆どもー!?」

『わーーーーっ、レイテ様だぁーーーーーっ！』

媚びへつらった笑顔を向けてくる領民たち。

ふふふ。完全にわたしに調教されているわね。

本当はわたしのことを鬼畜外道（きちくげどう）と蔑（さげす）みたいけど、そんなことを言ったらどんな折檻（せっかん）が待っているかわからないから憎悪と尊厳（プライド）を偽（にせ）の笑顔に隠して耐えているのよね。

あー気持ちいいッ！

どうかしらヴァイスくん⁉

「レイテ嬢はとても好かれてるんだな」

「この節穴ッッッ!」

かーっ。なんも見抜けてないわこのジャリボーイ。

わからないのかしら？　民衆どもの心の奥にある、わたしという絶対悪に対する恐怖。

あるいは媚びへつらうことで甘い汁を啜(すす)らんとする下卑た欲望が。

「まったく鈍感なヴァイスくんね」

「ああ、第二王子(おとうと)の悪意に気付かず革命を許し政権転覆された鈍感なヴァイスくんだ」

「クソデカスケールな自虐すんな」

……やれやれ。ヴァイスくんにわたしを悪だと認定させるには、もっと極悪なシーンを見せなきゃ駄目みたいね。

「ついてきなさい、ヴァイスくん。アナタにわたしの恐ろしさを分からせるためにも、今日は街中の人間を苦しめてやるわ」

というわけで、すっとぼけを連れて悪行散歩開始。

まずわたしが目を付けたのは、路地裏で遊んでた子供たち三人組だ。

「弱くて脆い幼子ども〜！」

『あぁっ、レイテ様だぁ！』

うじゃうじゃと寄って来る三人。

あぁ滑稽。本来ならば世界の悪など知らない年齢でしょうに、この領地の子供たちはわたしという存在にすでに屈服しているのよ。

そんな幼い子供たちに、わたしは容赦なく命令してやるわァ！

「このレイテ・ハンガリア様が命じるわ。そこのパン屋で、パンを二つ買ってきなさいッ！」

『はいッ！』

途端に駆け出す子供たち。

あらあらまるで犬のようねぇ。十代にも満たないほどの幼子らを使役するわたし、なんて邪悪なのかしら。

「これは、レイテ嬢……」

このわたしの悪行っぷりには、さすがのヴァイスくんも眉根をひそめた。

そうして彼が「子供に使い走りをさせるのはどうなのか……」と、くだらない正論を吐こうとした時だ。

調教されきった子供たちが、パンを抱えて爆速で戻ってきた。よし。

「よくやったわねぇアナタたち。はい、パンの代金よ、好きに使いなさい」

『わぁーい!』

幼子どもへと一万ゴールド紙幣を投げ渡す。

さぁヴァイスくん、食べ歩きでもしながら悪行を続けましょうか。

「って……待ってほしいレイテ嬢。パンの代金はちゃんと渡す上に、一万は少し多くないか?」

「は? 何くだらないこと言ってんの?」

呆れた。まさかヴァイスくん、代金踏み倒しとか値段通りの額を渡すとか、絶対悪であるわたしにケチ臭い真似をしろっての?

「わたしはこの地の支配者なのよ? だったら権威を示すためにも多少の金をバラ撒くわよ」

それに、

「さっきの子供たちの内、ジェフリーくんは父を亡くした身。エドゲインくんは孤児院の子で、ルーカスくんの家は九人兄弟でお小遣いが少ないのよ。不満が溜まって不良になられるよりいいでしょ」

「⁉」

あら、ヴァイスくんが珍しく表情を崩している。

何よその驚き顔。……ああ、わたしが子供たちにガス抜きさせて、未来の領地の治安を守っていることに驚いたのね。

たしかに一見、悪党っぽい行動じゃないものね。

「あのねぇヴァイスくん。わたしは悪党として安定した税収を求めているわけで、そうなるとわたし以外の悪人の発生は邪魔になると考えたわけでね」

「いや……そんなことじゃなく……」

って何よ。じゃあなんで驚いてるのよ？

「レイテ嬢。キミはもしや、すべての領民の顔や名前や事情を把握しているのか……⁉」

は？　そんなの無理に決まってるでしょ。

「すべてじゃなくて『七割』くらいよ。さすがのわたしも『10万3728人』の全情報は掴み切れてないわ」

「⁉」

できればレイテ様としても、すべての領民どもの能力値やらは把握しておきたいんだけどねー。

「この地は景気がいいからね。その噂を聞いてか、新しく流入してくる人も多いのよ。『領主は極悪だ』って噂も流れてるでしょうに、みんなよく来るわよね～。そんだけお金好きなのかしら」

「……ああ、きっと凄まじい噂が流れているんだろうな……」

静かに頷くヴァイスくん。

よし、わたしの悪行第一弾を見せつけたところで次に行きましょう!

幕間　なんだというのだ、この少女は？（ヴァイス視点）

――なんなんだ、この少女は。

レイテ・ハンガリアの領地散策に付き添いながら、ヴァイス王子は戦慄していた。

「ん～、子供に買わせたパン、うめ、うめ……！」

表面上の言動はたしかに悪辣なところもある。

彼女自身が『自分は悪の女王様よ！』と酔っぱらった戯言を述べているように、悪党のつもりで生きているのだろう。

だが、

「さて、お腹も膨れたし悪行第二弾よヴァイスくん。道行く民衆どもを罵りまくるわよ！」

青い瞳を見開くレイテ。彼女が「ギフト発動、『女王の鏡眼』！」と叫ぶと、元々美しい瞳がさらに明るい水色に輝きだした。

「さぁーいきましょ～！」

そうしてレイテはるんるんと歩きながら罵倒を開始する。

「そこのアンタ、お酒飲み過ぎよアホ！　頭だけじゃなく肝臓も悪くなってるわぁ！」

「えっ⁉」

「そっちのアンタは結核菌が潜伏してるじゃないのシッシッ！　うつるからあっちいきなさい！」

「マジですか⁉」

「そこのアンタなんて物理的に頭悪くなりそうじゃないの！　前頭葉に脳腫瘍の赤ちゃんがいるわぁ！」

「なんとぉ⁉」

……罵倒、というのだろうか、これは。

レイテに病状を指摘された人々は、驚きつつもありがたそうに病院の看板がある方向に急行していく。

「うっふっふ、逃げ散る民衆どもの様が愉快だわぁ。わたしってば辻悪役（つじヒール）ね！」

「……あぁ、まさに辻診療（ヒール）だな」

彼女のギフト『女王の鏡眼』。

怪我や病気を見抜くという感知系能力である。レイテはこのギフトを〝悪役にピッタリ！〟と思っているようだが、ヴァイスは違う。

〝とてもとても、優しい力だ。その能力をキミに与えた『女神』に……そして何よりキミ自身に感謝しよう〟

なぜならヴァイスもまた女王の鏡眼に見出されることで救われた者なのだから。

「さぁて。それじゃあ悪行第三弾といきましょうか」

人々を罵倒（？）してすっかり機嫌を良くしたレイテ。雑踏の中、次に彼女は街角のほうに向かっていく。

「どきなさい、民衆ども」

『ははァッ！』

彼女がズンと一歩進めば、そちらを歩いていた民衆の群れが一糸乱れず道を開けた。まるで訓練された王宮騎士たちのようだ。

その様にレイテは「民衆どもが恐れているわァ！」と上機嫌に笑いながら進んでいく。

……人々の目に宿る感情は、恐怖ではなく絶対的なる『感謝』の想いだというのに。

「レイテ嬢、一体どこに向かう気で」

「わからない？　あそこに荷物抱えて落ち込んでる女がいるでしょ」

「何？」

指を差されてようやく気付いた。

雑踏が開けた先。遠く離れた建物の日陰にぽつんと、悄然とした女性が座り込んでいることに。

「は？」

ああ、これで彼女と出会ってから何度目の驚愕になるだろうか。

人々が退く前からレイテは察知していたのだ。見落としても当然なところに、苦しみを抱えている者がいることに。

「一体どうやってあの女性を見つけたんだ……？　それもギフトの力か？」

「いえ、わたしの感知には引っかからなかったわ。どうやら彼女、精神のほうが参っているみたいね」

「じゃあどうやって」

重ねて問うと、レイテはさも当然かの如くこう言った。

「別に。雑踏の縫い目から普通に一瞬見ただけよ。悪党たるもの、視界に入る不穏分子の様子は全部チェックしておかないと駄目でしょ」

「……駄目なのか」

知らなかった。

ここに来るまで数百人以上の民草とすれ違ったが、彼ら全員に目を向けていなければ悪党ではないのか。

どうやらレイテ内の『悪党』というのは随分と難易度の高い存在らしい。

「じゃあ悪行第三弾。弱ってる女をさらに虐げてやるわよ〜〜」

女性の前に躍り出るレイテ。

突如としてフフンッと胸を反らしながら現れた彼女に、当然女性のほうは困惑気味だ。

アナタは……？　と問いかけながら、胸に抱えた古びたカバンを抱き締めた。

「わたしはこの地の領主、レイテ・ハンガリアよ。それよりもアナタ、旦那さんを亡くしてこの地に来たのね」

「!?」

「レイテ嬢……!?」

女性と共に驚いてしまう。彼女はいきなり何を言っているのか。

「レイテ嬢、このご婦人とは知り合いなのか？」

「知らないわよ。ただ胸に抱えたカバンが、隣領『オーブライト領』で販売されてる男性用のモデルと気付いてね。見た目は武骨だけど頑丈なのが売りで、魔物退治に向かう男たちに人気だったはずよ。この人のモノもそこそこ年季が入っているわね。ほつれを直した跡もある」

「……」

つらつらと語る様子に押し黙ってしまう。

……なるほど。そんなカバンを妙齢の女性が使うのは不自然だ。誰かに譲り受けたと見るのが妥当か。

そして、〝ほつれを直す〟という親愛宿る行為の跡と、カバンの中身というよりカバン自体を大切そうに抱えた様子からして、

「夫の遺品、というわけか」

「正解よ」

レイテが頷いた途端、女性ははらはらと泣き出した。

静かに涙を落としながら、「あぁ……」と悲しみの嗚咽を漏らす。

「その、通りです。兵士だった夫は先日、近隣を荒らす魔物との戦いに向かわされ、命を落としました……！」

「ふぅん。それでどうしてこの領地に？　オーブライト領の民でいる限り、兵士の伴侶だったアナタには遺族年金が支払われるはずよ。移民したらその権利も」

「それがなかったんですよッ！」

怒りを込めて女性が吼えた。

遺族年金がない？　それは一体どういうことなのか？

「……夫は魔物に直接殺されたわけではありません。怪我をしながらも家に戻ってきてくれて、最初は全然平気そうでした。でも……負わされた傷から雑菌が入ってしまっていたらしく、それから数日後に……！」

「なるほど。敗血症ね」

「ええ、お医者様にもそう言われました。すると領主は、〝ならば任務が死因ではなく、その後の処置を怠ったのが死因だ。これは自己責任だ〟と宣い、金を出さなかったのです……ッ！」

酷い話だと思った。

領主の言い分も頷けなくはないが、任務がなければ死に繋がる傷を受けなかったのは事実だろうに。

何よりこれではあまりに慈悲がなさ過ぎる。

「私は、金銭を惜しんでいるわけではありません。ただ夫が犬死扱いされたのが許せないのです！　それでもう、あの地には居たくないと思い……」

「わかったわ」

涙する女へと頷くレイテ。

そして。彼女は悪しき女帝が如く、裂くような笑みで宣告する。

「アナタの領地移住を認めましょう。ただし、今日からわたしの雑用下僕にしてやるわァッ！」

「えぇ……!?」

あまりにも容赦ない宣告。〝弱った女をさらに虐げてやる〟とはこういうことか。

だが、

「屋敷のメイドとして働いてもらうわ。労働時間は休憩含めて八時間、休みについては執事にシフトを組んでもらって週に二日は取りなさい」

「えっ」

「初任給は三十万で月末払い。ただしアナタはわたしが設けた『未亡人雇用制度』の対象者だから、慰安金として百万ゴールドを今日からでも受け取れるわ。また住居に関しても朝食付きの集合住宅を与えてあげるから、あとで屋敷までサインしにきなさい」

「えっ、えっ」

……もはや婦人は呆然とするばかりだ。

レイテより語られる突然の好待遇に、悲しみも怒りもすっかり忘れた様子だった。

そして……

「最後に、旦那さんの墓を無償で建てる権利をあげる。残念だったわねぇアナタ？　これでアナタは、一生この地から離れられなくなるわ」

「――っ」

それが、トドメとなった。

息を呑んで固まる女性。

次の瞬間、彼女の両目から大粒の涙が零れ落ちる。

「あっ、あぁぁ……！」

だがそれは、最初に流した悲哀の雫などではなく、

「レイテ様は、噂通りの人だった……っ！　アナタは本当に、なんて人なのでしょうか……！」

零れ落ちるは感謝の涙。

喜びと感動に満ち溢れた、どこまでも美しい雫だった。

レイテ・ハンガリアという少女は、涙の理由を一瞬で変えてしまったのだ。

「おーっほっほ！　どうやらわたしの極悪っぷりに感服したようねぇ！　見ていたかしら、ヴァイスくん!?」

「ああ……目が焼けるほどに見ていたよ」

「それは見過ぎでしょ!?」

見過ぎでいいのだ。

なぜならヴァイスは、この『邪悪』なる少女の生き様から、『王』として目指すべき姿を垣間見たのだから。

第5話　下僕の騎士たちを見に行くわよ〜〜〜〜！！！

「――先ほどのご婦人に対しては素晴らしい推理力を見せたな。やはりレイテ嬢は慧眼も持ち合わせているのか」

「ぬっ」

……この王子様、嫌味でも言っているのかと思ってしまった。

あのねぇ、かしこい可愛いレイテちゃんだって即座にわかんないことだってあるわよ。

たとえば悪党らしく欲掻いて〝どこぞの傷病奴隷ども〟を爆速買いしたら、〝新政権の残敵〟だったり！

その中に死んだはずの〝第一王子〟が紛れ込んでたりねっっっ！

と怒りたいところだけど、悪の支配者は舐められるわけにはいかないから、

「そ、そうわよ」

わたしはひとまず肯定することにしました。

……なんかヴァイスくん相手には見栄張りたくなるのよね。

「すごいな。俺もキミを見習っていこう」

「あらあら。ヴァイスくんも悪の素晴らしさに気付いたのね？　いいわよ悪の幹部にしてあげるわ」

「悪は目指さないんだが」

「なんでよ!?」

じゃあわたしのナニを見習うつもりなのよ!?

「わたし、悪100％なんだけど。最後まで悪たっぷりなんだけど。それ以外に見るべき点なんてないんだけど！」

「あるだろう、優しさとか」

「やしゃししゃ!?」

はっ、はぁーーー!?　そんなもんが一体わたしのどこにあるわけ!?

「意味わかんないこと言わないでよ。トンチンカンなヴァイスくん！」

「ああ、俺は『来年にも父王から俺へと正式な王位戴冠が行われると決まった時、震えながら拍手する第二王子の様子を感動してくれているのだと勘違いした』トンチンカンなヴァイスくんだ。あれが『殺意の目覚め』だとわかっていれば……」

「クソデカスケールな自虐すんな」

まったく。この天然王子様は突然何を言い出すかわからないわね。

「ふむ、優しさなどを美点に挙げると怒るのか」

「当然よ。そもそも優しくないし」

「ではキミの美点として容姿を挙げよう。キミは可憐で麗(うるわ)しいな」

は？

「俺も一応は王族だからな。夜会(パーティー)などで多くの貴族女性を見てきた。だがその中でも、レイテ嬢はひときわ輝いているように見える」

「はぁ⁉」

そ、そりゃ容姿には自信あるけどっ⁉

「あいにく俺は口が下手でな。こんな俺ではキミの容貌を巧(うま)く褒められないだろう。しかしそれでも語るとすれば、キミの可憐さはまるで『夜に咲く花』のようだ。月明かりを受け宵闇(よいやみ)に映えるような幻想的な美しさがキミという少女には――」

「いやいやいやいやいやちょっと黙りなさい！　てかアンタめっちゃ女を褒めれるじゃないの⁉」

「本当だ。思わぬ才能を見つけてしまったな」

「見失っとけ！」

いやもうなんなのこの王子……！

別に綺麗だとか言われること自体は使用人たちからほぼ毎日だから慣れてるけど、一切媚びのない真顔でつらつら言われるのは初めてよ。

媚びた連中と違って嘘じゃないとハッキリわかる分、めちゃ恥ずかしいんだけど……！

「そもそも人のいる街中でそういうこと言うな！」

「二人の時ならいいのか？」

「よくない！」

アホの脇腹をどついてやる。

彼は「痛い」と無表情で呟いた。もっと痛そうにしろ！

「ふむ、女性とは話し慣れてないからな。またも怒らせてしまったようだ」

「アンタそもそも人間自体と話し慣れてないんじゃない？」

「……それもそうだった」

いつも騎士たちが一方的に話してくれるばかりだったな……と微妙にへこみ気味なヴァイスくん。

表情は変わらないけど、なんかこいつの感情の機微がわかってきたわね。

「そういえばレイテ嬢。騎士たちといえば、この街の兵団に入れたのだったな」

「そうだけど」

「今や騎士たちの主人はキミだが、元主君として彼らの様子が気になる。見に行ってもいいだろうか？」

あぁそうね。わたしとしても、あの人たちがどうしているか気になっていたところだわ。

「許可するわ。守護兵団の本拠地まで一緒にいきましょ」

「感謝する」

別に礼なんて要らないわよ。わたし的には彼らが馴染めてるかどうかなんてどうでもいいし。

気になるのは、元王国騎士連中が兵団員たちに『再革命思想』をブチ撒いてないかだ。

レイテちゃんは弱い民衆をいたぶってれば満足なのよ。マジで大規模な戦争とかは勘弁だからね。

悶絶民衆専属調教師のレイテちゃんなのよ。

「（わたしの迷惑にならないよう）平和にやってればいいわねー」

「ああ、平和が一番だ」

お願いだからわたしの兵団員に変なことは吹き込まないでよね〜？

ヴァイスくん「やはりレイテ嬢とは話が合うな」

※合ってません。

◆
◇
◆

「ここが『ハンガリア領守護兵団』の本拠地兼修練場よ」

というわけでやってきました。領内でも一段と血臭漂う場所ね。

「ウチの兵団、裏切らないようお給料いっぱいあげてる代わりに、訓練も実戦形式でめちゃ厳しいのよ。ほら、足元の土に歯とか爪が混ざってるし」

「鬼気迫る真剣ぶりだな。天晴だ。ところで」

ん？

「修練場のこの広さ。走り回ってもいいだろうか？」

「ワンちゃんかな？」

後にしなさいと断っておいた。

さて天然王子のことは置いといて。気になるのは元王国騎士団連中の勧誘よ。『再革命に参加しろ〜』とか、ウチの兵団員に変な思想を広げてないかしら。

「みんなの様子を見に行きましょう」

「ああ」

というわけで、兵団員らの下に行ってみると――、

「よいかッ、元騎士団諸君！　朝起きたらレイテ嬢の住まう方角に〝おはようございます！〟と頭を下げよ！　食事の際には〝レイテ様の齎(もたら)す恵みに感謝を！〟と叫び、ご本人を見かけた瞬間には〝本日も麗しくあらせられますッ！〟と全力で褒め称(たた)えるのだ！」

『おぉーー！』

って、兵団のほうが変な教育してるーーー!?

「ちょいちょいちょいちょいっ、待ちなさいよアンタたち！」

「ヌァッ!?　レイテ様がこのような場所に降臨(こうりん)なされた!?　幻覚か!?」

「現実よ！」

はぁーまったく。守護兵団のヤツらってば、わたしに媚び売る連中の中でも特に媚び媚びなのよねぇ。どんだけわたしを恐れてんだか。

「あ、変なとこ見せちゃって悪いわねヴァイスくん」

「レイテ嬢、本日も麗しくあらせられます」

「教育されるなっ！」

アンタはアンタで素直過ぎるのよ……。

「まぁいいわ。それよりも元騎士団の副団長、ソニアくん。ちょっと来なさい」

筋肉ムキムキのさわやか青年を呼び出す。

ヴァイスくんとも仲良さそうで、奴隷として捕まってた騎士の中じゃ一番階級が高いヤツね。

「ハッ。レイテ様に置かれましては本日も麗しくあらせられますッ！」

「アンタも従うな！　そういう媚び売りはいいから、現状について確認させなさい」

わたしが買っちゃった王国騎士団とヴァイス王子。

彼らの存在は、一般には一応隠匿(いんとく)されている。

ただし初日に騒いで屋敷の者たちには存在が知られてしまったので、現状彼らの正体を知る者は、そうした屋敷の面々と、あとは連中を預けると決めた守護兵団の者たちのみだ。

屋敷の使用人たちはわたしが弱みに付け込んで雇った者たちばかりだし、兵団のヤツらには特に給料とか社会保障とか熱盛しまくってるから、金の縁が続く限りは裏切らないと信じられるしね。

「さて聞くけどソニアくん。アンタ、兵団の連中に『再革命思想』を勧めるとかしてないわよね？　〝俺たちと共に戦おう〟って誘うとか」

「もちろんしてません。危険な道と自覚しておりますので、周囲を無理に巻き込むような真似はしませんよ」

「あらそう」

なんだよかった。それなら安心ねー。

「ですが」

「ん、ですが？」

「兵団の皆様、むしろ自分たちから――」

ソニアくんが何やら語ろうとしていた時だ。

彼の声は、修練場の隣から響く『グガァアアアーーーーーーッ！』という咆哮に掻き消された。

「っ!?　レイテ様、今のは!?」

「叫び声からして魔物ね」

「魔物⁉」

なぜ魔物が領内にッと驚くソニアくん。背後に控えたヴァイスくんも「どういうことだ？」と尋ねてきた。

ああ、そういえば彼らには教えてなかったわね。

「少し前に変なおっさんを拾ってね、そいつに『魔学』研究をさせてんのよ。魔物の生態について調べて、効果的な撃退方法や生活にうまく利用できないかを探ってるの」

んで、何かあってもいいように、兵団の本拠地兼修練場であるこの場所の横っちょに研究所を構えさせているわけね。

そう語り終えるとソニアくんたちはなるほどと頷いた。

「しかし『魔学』研究ですか……。王都内では禁忌とされている学問ですね」

「あらそうなの？」

……あぁ、そういえば王都の研究者だったたっていうおっさんもそんなこと言ってたわね。

「上流階級者たちは〝魔物に触れると魂が汚れる〟と考えている者が多いのですよ。それで数か月ほど前には、若くしてあらゆる研究分野で名を上げてきた教授が『魔学』にも手を出していたことが判明し、それを理由に王都から追放されたほどで……」

「ふぅん。じゃあ、魔物の侵攻から国土を防衛してる辺境伯のわたしも、王都に行ったらあまりいい扱いを受けないってわけ？」

「それは……」

言いよどむムキムキソニアくん。肯定ってことなのね。

「申し訳ありません、レイテ様。各地の辺境貴族の方々の奮闘により、今や国の中心部にはほとんど魔物がいない時代。ですがそれゆえに、魔物を見たこともない王都の貴き方々は、妙な迷信を抱きつつあるのです」

もちろん自分は違いますよ！　と続けるソニアくん。

そんな彼にヴァイスくんも「俺も違うぞ」と同意した。

「〝魔物に触れると魂が汚れる〟？　ならば、民草を守るべく魔物と必死で戦っている者たちは皆、汚らわしき者というのか？　ふざけるな」

彼は拳を強く握り、

「俺は彼らを誇りに想うぞ。命を懸けて民を守護する戦士たちこそ、まさに王国の宝だからな」

そう語る彼に、領地の兵士たちが『ヴァイス王子……！』と感動した様子を見せた。

ヴァイスくんは不愛想だけどそのぶん言葉に嘘がないからね。男同士、それが伝わったのだろう。

「さてと。それじゃあみんな、お隣の研究所を一応覗きに行きましょうか」

魔物の叫びや妙な物音がさっきから続いてるのよねぇ。変なトラブルが起きてたら困るわ。

「もしも魔物が逃げ出したとかなら（※わたしが）危ないものね。（※わたしの）平和を護（まも）るために、ハンガリア領守護兵団しゅつげきよ〜！」

『うぉおおおーーーーっ！』

やる気いっぱいに応えてくれる兵士たち。

わたしのことは嫌いでしょうけど、お給料たっぷり払ってるだけあって気力は漲（みなぎ）ってるみたいね。

「ソニアくんたちも行くわよー」

「ハッ！　ところで最初の話ですが——」

最初の話？　あぁ、ソニアくんたちが兵士たちを『再革命』に誘ってないかの件ね。

ちゃんと聞いてたわよ。そんなことしてないようでよかったわ。

「弁（わきま）えているならいいのよ。無理に誘わずとも計画に賛同してくれる人のみで、王都にバレないようこっそりやりなさい」

「っ、ははぁ！」

嬉しそうに頷くソニアくん。筋肉も嬉しそうに膨張した。

ぶっちゃけ『再革命なんてするな！　わたしが巻き込まれたらどーする！』って思ってるけど、それを直接言おうものなら『つまり新政権に加担するということか⁉　ぶっ殺してやるッ！　天誅ーッ！』って襲ってきそうだしね。だから表面上は賛同ってことにしておくわ。

そして無理に誘わない限り、こいつらの無茶に付き合うような人間は現れないでしょう。これでもう詰みってわけね。

「ふふ、まぁ頑張りなさい」

昨日は使用人たちもわたしに媚びるために『政権奪取の暁にはレイテ様を王族に～』とかふざけたことを言っていたけど、所詮は非戦闘員たちの戯言。

実際に命懸けで戦おうなんて連中はいないでしょ。

だから、

「大丈夫、わたしはアナタたちの味方よ」

『ツッツ⁉』

どうせ再革命は無理だろうから、テキトーな発言で慰めてあげるわ！

「革命によって政権を奪った第二王子は、このレイテ・ハンガリアにとっても許されざる存在よ。されど現状は戦力不足。しばらくは戦力増強に努めるべきね」

「わかっておりますッ！　戦士たち一同、アナタ様には改めての感謝を！」

などという噴飯（ふんぱん）ものの感謝を、わたしは憐憫の笑みで受け取った。

本当に残念ね。その『再革命に挑みし戦士たち』とやらは、最初の三十人から増えることはないでしょうに……！　それじゃあ戦争を起こすのは不可能だわ。

『レイテ様万歳ッ！　やはりレイテ様と我らの心はひとつだった――――！』

「はいはいそうねー」

おーっほっほー！　騎士たちを騙しちゃうわたし、極悪ぅ～！


レイテちゃん（そういえばソニアくん、なんか言いかけてたような？）

ムキムキソニアくん（やはりレイテ様も再革命を望まれている！　我ら、心はひとつ！）
※バラバラです。

第6話　この護衛役、爆発するわよ!?!?!?

「邪魔するわよ～～～」

というわけでやってきました『魔学研究所』。

お隣の修練場に負けず劣らずの大きさで、日々魔物が運び込まれてはなんかよくわからんことをしてる場所ね。

さて、兵士たちを引き連れて奥の部屋に進んでいくと――。

「やァレイテくん。ご機嫌麗しゅう」

……などと気取った挨拶をしてきたのは、目元が隠れるほどのロン毛のオッサンだ。

相変わらず怪しさ満点の風貌ね。日に焼けたことがないのか肌はまっちろで、纏う白衣はヨレヨレだ。

「こんにちは、ドクター・ラインハート。アナタちゃんとお風呂入ってる?」

「面倒だが一日一度は入ってるさ。……以前、年頃の少女に臭いと言われたのには結構堪えたのでネ」

そりゃよかったわ。……って、ソニアくんにヴァイスくん?　あとは元王国騎士の面々も、何をぽかんとしてるのよ。おーい。

「ドクター・ラインハートですと……!?　あの、あらゆる学問分野を一代進めた伝説の!?」

「『学術界の怪物』ラインハート。まさかレイテ嬢に保護されていたとは……」

えっ、このおっさんってそんなすごい人だったの？

なんかお散歩してたら不審者いたから拾っただけなんだけど。

「おォ、これはこれは王国騎士団の面々に、そちらの包帯くんはヴァイス王子かな？　革命で死んだと聞いたが……なるほど。キミらもレイテくんに拾われたか」

「幸運なことに。ドクターも、ご健勝そうで何よりで」

「堅苦しいのはやめてくれ。今の私は、そこのロリに養われてるだけの中年だよ」

って誰がロリよッ!?

わたし、十六歳(レディ)なんですけど!?　領主のお仕事やってるんですけど！

「まったく失礼な人ね。……それで、さっきの魔物の大絶叫はなんなのよ？　今は止(や)んでるっぽいけど」

「あァ、『実験対象X』がちょっと暴れちゃってネ。でも植物魔物(アルラウネ)製の催眠ガスを吸わせたから、数時間は大人しく――」

『ガァァアアアアアーーーーーーーーーーッ！』

……ドクターの言葉は、再びの絶叫に遮られた。

「数時間は大人しく……してるはずだったんだけどネェ」

「ネェじゃないわよ！　マジでなんなの⁉」

領地に、ていうかわたしに危険が及ぶ研究だけは勘弁なんですけど⁉

「いやァ実はねェ。死にたてホヤホヤの魔物・大鬼を弄って、〝人間に隷従する形〟で蘇らないか試したんだよ。それに失敗しちゃってネェ。いま実験室内で暴走中さ。ウケる」

「ウケないわよ」

うへぇ、とんでもないことしてるわね。

わたしがドン引くと、背後に控えたソニアくんが「ドクターは昔からこういうところがあります」と耳打ちしてくれた。

「元々、倫理的にタブースレスレの研究で異端視されていた人です。まぁ結果を出して周囲を黙らせてきたようですが……」

「ヒヒヒ、一応ルールは守ってきたんだけどネェ。人体実験は死刑囚で我慢してたし」

「我慢て。良心の呵責ゼロですかアナタは……」

へらへら笑うドクターにソニアくんが呆れてる間にも、『グゥウウッ』と凶暴な鳴き声が響き続けている。

さらには外壁を激しく叩いているのか、建物全体がきしむ音も。こっわ。

「ちょっとドクター、これやばいんじゃないの？」

「うんやばいネェ。私の開発した『コボルト鉄鋼』製の外壁が壊れていく音がするよ。どうやら無理な蘇生(そせい)で脳に損傷を負った結果、筋力のリミッターが外れているようだネ」

「冷静に分析してんじゃないわよ！」

ちょっと勘弁してよー……。兵士大量に引き連れてりゃ安全でしょと思って、暇つぶしに見に来たけど……。これレイテちゃんピンチじゃない？

魔物が実験室を抜け出したら、一番に襲われるのはわたしたちなんじゃ——と。

そんなことを思っていた矢先、バガンッと。

「あ、完全に壁が壊れた音がしたネェ」

「ぴえ!?」

だからネェじゃねーっつの！

そう叫ぶ間もなく、ドシンッドシンッと巨体の駆ける音が響き、そして。

『ガァアアアアーーーーーーーーーーッ！』

「出た～～～～～～～～～!?」

勢いよく壁を突き破り、わたしたちの前に赤色一角の巨人・大鬼が現れたのだった！

「あわわわわ……！　今さらだけど、大鬼ってめちゃ討伐が難しい危険度準一級モンスターじゃないの。なんでそんなので実験したのよ⁉」

「ふははははっ、よく聞いてくれたネ！　人型の魔物は脳の構造が人間と近しく、また上位種ともなればより構造が似てくるのだよ。だからこそ、人体脳医学の権威でもある私はその知識を活かせると思い大鬼の死体が持ち込まれた際にコレはチャンスだやるしかないと――ッ！」

「今それで殺られそうなんですけどォ⁉」

ドクターが早口をかます間にも、鬼は剛腕を振り上げた。

咄嗟に兵士たちが立ちはだかってくれるも、たぶん無駄だ！

「あの大鬼は全長八メートル、体重三トンあるからネ。拳も一メートルくらいの大きさがあるから、私たち纏めてミンチになるよ～」

「いやぁぁぁあーーーーッ！　アホのおっさんの家で突然死ぬぅーーーーーーーーっ！」

そして振り下ろされる鉄拳。

こりゃもう駄目だとレイテちゃんが諦めかけた、その瞬間、

「させるものか」

『グゴォッ!?』

研究室に響く轟音（ごうおん）。

だがそれはわたしたちが叩き潰された音ではなく、鬼の拳がヴァイスくんに片手で受け止められた音だった……！

って、えぇ!?

「ヴァ、ヴァイスくんさん!?　なんで平気そうに止めれてますの!?」

「鍛えてるからな」

「そんなレベルかッ！」

体格差どんだけあると思ってるのよ。

なのに、こんな不条理が成立するなんて――、

「まさか、ヴァイスくんの『ギフト』!?」

「正解だ」

言うやヴァイスくんは巨拳を逸らすと、逆に鬼のどてっ腹へと轟拳（ごうけん）を叩き込んだ！

瞬間、ズパァァァアンッという凄まじい音が響き、巨体の鬼が吹き飛ばされていく。

「俺のギフトは『天楼雪極（てんろうせつごく）』。秘める激情の多寡（たか）に応じて、身体能力を増加させる異能だ」

彼の身体から蒼白い光が溢れて零れる。

その様はまさに吹雪く白雪。あるいは舞い散る花弁のようだ。

「今の俺の倍率強度は、およそ三・五倍と言ったところか。……革命の夜、『傭兵王』と決戦した時とほぼ同等だな」

「って高くない!? 国を守る時と同じモチベーションってどゆこと!?」

そう問うと、ヴァイスくんのほうも「……そういえばどうしてだろうな」と不思議そうにしていた。

「自分のギフトなんだから詳細把握に努めなさいよ……」

「努力しよう。日々二十時間のギフト操作訓練も追加だ」

「ごめんなさい努めないで」

いい加減にしろ特訓気絶部。

あとよく考えたら、身体能力三・五倍くらいで三トンの敵を殴り飛ばせるってどゆこと？

元の身体能力自体がちょっと高過ぎない……？

「とにかく、ヴァイスくんってめちゃ強かったのね。なかなか頼りになるじゃないの」

「あ、強化倍率四倍になった。なぜだ」

「いや知らないんですけど!?」

謎進化するヴァイスくん。そんな彼の前に、再びズシンッと足音が響いた。

『ガァアアーーーッ！』

吹き飛ばされた大鬼(ジャンボオーガ)が舞い戻ってきたのだ。

すでに全身傷だらけであちこちから血を噴きながらも、その瞳は暴威(ぼうい)に染まったままだった。

「……哀(あわ)れだな。死より蘇らされた結果、正気を亡くしてしまったか」

『ゴガァァァアアアアーーーーーーッ！』

耳をつんざく鬼の咆哮。大鬼(ジャンボオーガ)は床が抉(えぐ)れるほどに踏み込み、ヴァイスくん目掛けて殴りかかった。

物凄い速さと迫力だ。でも、

「その魂、俺が眠らせてやろう」

ヴァイスくんはわたしたちを庇(かば)うように立つと、腰の剣に手を添えた。

そして、

「〝ストレイン流異能剣術〟奥義(おうぎ)――『抜刀(ばっとう)・斬煌一閃(ざんこういっせん)』」

抜刀と共に極光(きょっこう)の斬撃が放たれる。

次の瞬間、鬼とその背後をすべて焼き尽くすような『大爆発』が巻き起こった――！

「よし勝利だ。護衛役の任を果たせたぞ」

「って、いやいやいやいやいやいやッ!?」

け、剣で大爆発ってなんなわけぇーーーーッッ!?

土煙の中、ドクター・ラインハートは「興味深い」と呟いた。

「ほほォーーあれが〝ストレイン流異能剣術〟。強化系ギフトの持ち主だった初代国王が生み出したとされる、一撃必殺の剣術だネェ」

「ネェじゃないわよ……」

ヴァイスくんが刃（やいば）を抜いた瞬間、勝負はすでに決着していた。

「一体なんなわけ？　居合抜きしたら蒼い光の斬撃がビューーッって飛んで、そしたら当たった鬼がドカーンッて」

「語彙力幼女だネェ～」

ぶっ殺すぞッ！

「でマジでなんなのよコレ？」

目の前の光景にドン引きする。

ヴァイスくんの前には、何十メートルも続く死の大地があった。

研究所ごとバキバキの焦げ焦げだ。

ちなみに肝心の大鬼（ジャンボオーガ）については、血痕（けっこん）だけを残して『消滅』していた。

えぇ……。

「剣術の破壊規模超えてるでしょ……。斬ったというより、爆発起こした跡みたいになってない？」

「おォレイテくんよく気付いたネ。私が〝視る〟限り、あの『抜刀・斬煌一閃』という技は爆発反応を起こす剣術だ」

「って本当に爆発してんの⁉」

剣術ってなんだっけ⁉

「シャコという海洋生物を知っているカナ？　三〇グラム程度の体格ながら一五〇キログラム級のパンチを繰り出すほぼ魔物な生物なのだが、それが拳を放つ瞬間、原子破壊光現象『ソノルミネッセンス』が起きるんだ。超速のパンチにより水中で発生した真空の気泡が瞬時に圧縮・発熱し、原子崩壊（プラズマ）化して光るわけだネ。王子はそれと同じような現象を起こしているんだよ」

「王子なんなの⁉」

あと重ねて問うけど、剣術ってなんだっけ⁉

「異能発動時の王子の身体からは蒼白い光が漏れ出しているだろう。アレは『アリスフィア放射光』と呼ばれ、『ギフト』という〝女神アリスフィアが与えた力〟の構成エネルギーの輝きとされているんだ。個人によって色が異なり、また強化系能力者はアレが漏れ出しやすいとされているネ。そしてアリスフィア放射光は光の形を取りながらも液体に近しい性質を得ており、アレの中で零(ゼロ)速度からの超音速抜刀を行うことで放射光内で発生した真空気泡が先ほど講義した原子崩壊(プラズマ)化現象を伴いながら剣閃(けんせん)に流される形で放たれ結果的に広範囲に及ぶ爆発現象を」

「わかったわかったもういいもういい！」

そんな話されてもわかんないわよっ！

とにかく頭おかしいトンチキ剣術ってことだけはわかったわ。

もうそれだけでお腹いっぱいよ。

「ちなみに私は、人類にギフトを齎(もたら)した『女神アリスフィア』とやらがどんな存在か解き明かすのを研究テーマのひとつとしているんだ。放射光が液体に似た性質を持ち、また〝水は低きに流れる〟とされていることから、山岳地帯に住んでいると思われるんだが……」

「まだ喋るじゃないのこのドクター……。てかそんな思想してるから異端視されるのよ」

「ウン、王都にいた頃はよく神学者から暗殺者を派遣されたネェ。まぁ通報はせず、返り討ちにして捕らえてありがたく実験材料に——いやなんでもない」

「だいたい言っちゃってるじゃないの」

グフフッと笑うロン毛おっさんにドン引く。なんか変なヤツ拾っちゃったわね。

「……今さらだけど、私を捨てるのも手だと思うヨ？　王子たちほどじゃないが、上流階級の者たちからは危険視されていてネェ。追放後にも何度か暗殺者を放たれたし」

はぁ？　いきなり何言い出してんのこいつ。

「いや馬鹿じゃないの？」

「ば、馬鹿ッ……？」

「そう馬鹿よ。アンタ捨てたら、数か月前に『アンタを拾う判断をしたわたし』を否定することになるじゃないの。そしたら悪の絶対者として名折れだわ」

だから王子たちを買っちゃった件も、後悔はしても投げ出さないようにしてるのよ。

「わたしに間違いなんてないわ。わたしはいつだってわたしの選択が、最終的にはイイ感じの結果に繋がるって信じてるからね。わかったかしらオッサン？」

「……あァわかったさ。にしても、鬼才天才とは呼ばれ続けてきたけど、馬鹿と呼ばれたのは初めてだネェ……」

「これから何度だって言ってやるわよ。今回の死体暴走騒動でアンタ、もうちょい定期的に見てあげないと駄目なヤツだってわかったしね」

まったく仕方ないオッサンよねぇ。生活力も皆無っぽいし。

逆にレイテちゃんは完璧存在だから、こーいうどうしようもない人見るとつい口出しとかしたくなるのよねぇ。

あ、そうだ。

「今度研究所にお泊りしてあげるわよ」

「ん?」

「ちゃんとしたご飯を作ってあげるから作り方を覚えなさい。あとお風呂もテキトーっぽいから洗い方を教えてあげるわ」

「んッッッ!?!?!?!?」

って何よ。なんかドクターが今まで見たこともない顔してるんですけど。

あ、もしかしてお風呂に入れられるのが恥ずかしいの?

「別にわたしは気にしないわよ。こっちは水着着るし、年齢が倍くらい離れたオッサンの裸なんて興味ないし」

「そういう問題じゃ……」

と、その時。剣を鞘に納めたヴァイスくんが「レイテ嬢」と声をかけてきた。

「鬼の討伐、終わったぞ」

「あぁご苦労様。アナタには助けられ……って、なんか全身の蒼い光がさっきよりビカビカしてるんですけど!?」

「ああ、身体強化倍率が五倍になった」

「なんでよ!?」

たしかヴァイスくんのギフト『天楼雪極』って、やる気とか怒りとかの激情によって身体が強化される能力でしょ!?

なんで戦闘後に上がってるのよ!

「それよりもレイテ嬢。駄目なヤツを甘やかし過ぎるのはよくないぞ」

「ダ、駄目なヤツってドクターのこと？　ヴァイスくんってそんなに口調強かったっけ……」

「今回の死体暴走事件、領主であるキミを巻き込んだ罪で彼は投獄すべきだと思うが」

「投獄って!?」

ホントにどうしちゃったのよヴァイスくん、ドクターに何か恨みでもあるの!?

「べ、別にそこまでしなくていいわよ……。わたしが巻き込まれたのは、実験中の研究所にアポなしで入っちゃったのが原因だからね。違う？」

「む、キミを危険な目に遭わせたのは事実で……」

「魔物の実験には危険がつきものでしょ。だから守護兵団の本部横に研究所を立てたわけだし」

もし魔物が逃げ出して領民を傷付けちゃったら税収減るからね。対策はしてるわ。

「で、危険性を把握したうえで来ちゃったんだから領主(わたし)が悪いでしょ。ねぇドクター？」

「いやァ～……他の地の有力者なら、間違いなく私を処刑してるんだけどネェ～……？」

よそはよそよ。

「わたしは極悪領主だからね。領民に罪を擦(なす)り付けるような真似はしないって決めてるのよ」

わたしにとって罪は勲章(くんしょう)だからね。

むしろ増えれば威圧感アップで、今以上にみんなから怖がられるようになるでしょ。さいこー！

「それにドクターにはいろいろ仕事を任せてるしね。また領民に講義したり、便利アイテムでも作って頂戴」

悪党であるわたしがタダでオッサンを飼ってるわけがない。

まだ量産前のモノが多いけど、いろいろと領地の発展に寄与しそうな発明品を作らせてるのよ。

あとは街医者とかに最新の医学を教えたりね。

「ヴァイスくん、不調があったらすぐに医者に行くのよ？　ウチの街医者たち、よほど出世したいのかめちゃドクターから学びまくって、みんな脳手術までできるから」

「街医者とは……!?」

お、ヴァイスくんの反応を見るにレベル高いのねウチの医者たち。

まぁ華の王都には、もっと優れたお医者さんいっぱいいるでしょうけどね～。

「とにかく今回の件は不問ってわけよ」

「むむ……そうか。レイテ嬢がそう言うのならば」

渋々だが頷いてくれるヴァイスくん。

珍しくドクターにキレてたのは、その真面目さゆえに〝失態にはきっちり罰を〟と考えているからだろう。それくらいしか思いつかないわ。

「ともかく、キミが無事でよかった……」

『お、王子殿下ー！』

わたしとの会話を終えた時だ。領地の兵士団がわっとヴァイスくんに集まってきた。

「自分たちをッ、何よりレイテ様を守って下さりありがとうございます！」

「なんてお強い人だ！　噂には聞いてたが、これほどとはっ！」

「お慕い申し上げますッ、王子！」

目をキラキラとさせる兵士たち。

どうやらヴァイスくんの強さに惚れ惚れとしてしまったらしい。

「や、やめてくれ。俺は尊敬されるような人物じゃ……っと、これはレイテ嬢に叱られてしまった物言いだったな」

「そうよ、素直に慕われときなさい。今回のアナタは、わたしもカッコいいと思ったしね」

「むむむむむ……！」

わっ、また光が増した。目が焼けそうになるからやめなさいっつの爆発王子が。

「それにしても……」

兵士たちに囲まれるピカピカヴァイスくんを横目に、彼の成した破壊痕を見る。

もう本当にメチャクチャのグチャグチャだ。とても、人間一人が剣一本で行ったようには思えない。

「ヴァイスくんって本当に強かったのね。これは頼りになるけど……」

でも、

「彼って、こんなに強いのに負けたのよね……？」

彼は語った。革命の夜、燃える王城にて『傭兵王』なる人物と戦い、敗北したと。

どうやら不意打ちを受けたようだが、それでもヴァイスくんを倒すのは至難だろう。

世界には想像もできない化け物が溢れかえっているらしい。

「『傭兵王』……第二王子に雇われ、革命を成した男か」

一体どんなヤツなのかしらね。

あとは父王を殺してまで王位についた第二王子シュバールも気になるわ。

ま、悪党度ならわたしも負けてないと思うけどね！

レイテちゃん「わたしの悪党度は五十三万よ……！」

※五である。

幕間　外道たちの夜

「クハハハハッ……！」

その宮殿の一室には、ありとあらゆる欲望が詰まっていた。

壁、足元、天井にすら塗りたくられた金粉の内壁。それを輝かせるは積み上げられた宝石の数々。そして黄金の長テーブルには無数の美食が広がり、薄着の女たちが美酒の入った陶器を持って幾人も並び――、

「第二王子の野郎、きっちりと要望を叶えてくれたじゃねェか……！」

そして部屋の中心には、いとおぞましき『戦争狂』がいた。

血色の長髪をところどころ灰に染めた美丈夫。

積み上がった宝石の上に坐し、両脇に女性を侍らせながら「満足満足」と笑うこの男こそ。

「オンナども、王子に伝えな。『傭兵王ザクス』は、貴殿の歓待に感謝してるッてなァ！」

彼こそが戦場の覇者、ザクス・ロア。

総軍一万を超える傭兵結社『地獄狼』を率いる特級危険存在である。

そして——そんな彼に向かい、刺すような歩調で苛立たしげに歩み寄る者がいた。

「——下女を介するまでもない」

「おん？」

そこに現れたのは、金髪碧眼の貴公子だった。

荒々しきザクスとはまるで逆の印象を与える青年である。華美の極まる一室にもまた、満足げなザクスとは違い「下品な……」と目を細めるこの男こそ、

「そして、私はすでに王子ではない。第九十九代目統治者『シュバール国王』なるぞ！」

シュバール・ストレイン。

元第二王子であり、父王と次期国王に内定していた兄を葬った革命者である。

今やストレイン王国は彼の手中にあり、『傭兵王』の住まう下劣な宮殿もシュバールが用意したものだった。

「おォ、こりゃ失敬したぜ国王様。このザクス・ロア、育ちが悪いモノで失礼を」

「黙れ。……そんなことよりも、どうなっている……!?」

細い拳を震わせるシュバール。彼は半ば血走った目で、ザクス・ロアを睨みつけた。

「焼け崩れた王城を捜索することッ、すでに半月！　未だに第一王子の死体が出てこないではないかッ!?」

そう。それがシュバールの精神を削り減らしていた。

ああ、忌まわしきかな実兄ヴァイス。

その不愛想さから『氷の王子』とまで呼ばれながらも、側に置かれた者たちは悉く彼へと惹きつけられるのだ。

そんな兄を昔からシュバールは嫌っていた。

「なぁザクスよ、貴様は言ったよな!?　きっちりと致命傷を与えたと！　ヤツは爆炎に包まれながら、崩れた瓦礫の下敷きになったと！」

「そうだな」

「ならばなぜだッ!?　奴隷どもに休みなく探させ続けても、なぜヤツの死体が出てこない!?」

吠え叫ぶシュバール。そんな彼に、ザクスは「ふむ」と顎に手を当てた。

ヴァイスを追い詰めたのは嘘ではない。

得物によって滅多斬りにした上、自身の『ギフト』で即死級の爆炎をぶつけてやった。

そして吹き飛んでいったヴァイス。ぶつかった壁が崩れて大量の瓦礫の下敷きになるも、ザクスは油断しなかった。

王子を押し潰す瓦礫に近寄り、すべてが塵になるまで爆炎を見舞おうとした――その刹那、

「……兵士たちが立ちはだかったんだったな。数秒で殺し尽くしてやったが、まさかあの隙に抜け出したのか」

「なんだとッ!?」

シュバールの目が剝き出しになる。彼から立ち昇る怒気に、壁際の下女たちが顔を引き攣らせた。

「ザーーークスッ！　つまり第一王子はッ、あの革命の夜を逃げ延びたということかッ!?」

「まァそうなるな。それでも全身深度Ⅲ以上の火傷じゃ、一晩で死ぬはずだが」

「可能性の話はいいッ！　私は直にアイツの死肉を見たいのだ！」

眼前のテーブルに並ぶ美食の数々を薙ぎ払い、ついにはシュバールは爪を噛んで震え始めた。

その様はまるで病人のようだ。とても大国の王には思えない。

それに対し、ザクスは落ち着いたままだった。

「落ち着けよ国王。もしかしたら死体ごと燃え尽きちまっただけかもだろう」

酒杯を片手にそう語りながら――心の内では、ヴァイスの生存を期待していた。

〝あァ、生きてるといいなァあの野郎……！〟

あの夜の興奮は忘れない。

吼え猛(たけ)りながら全撃必殺の剣戟を雨霰(あめあられ)と浴びせてくるヴァイスの、なんと凄まじきことか。

素晴らしい。素晴らし過ぎる。その若さでその領域にまでたどり着くには、才能以上の甚大(じんだい)な努力が求められたことだろう。

ザクスは心底彼を尊敬した。

目の前の小男の何億倍も、だ。

「……また、ヤりてェなぁ……」

「何か言ったかッ⁉」

あぁいけない。思わず口から欲望が漏れてしまったようだ。

ザクスは「なんでもねェよ」と適当に誤魔化すと、傭兵として真摯(しんし)な眼差しを青年に向ける。

「雇用主(クライアント)の不満は認めよう。最善を求めるならば、ヴァイス王子の首を持ち帰るべきだった。『地獄狼』の総帥として謝罪しよう」

「あ、あぁ……。わかればいい」

「そこで、だ」

指を鳴らす傭兵王。

瞬間、一陣の轟風と共に五つの人影が部屋を駆ける。

それらは手元も見えぬほどの速度で、立ち並んだ下女たちの首を刎ねた――！

「なっ、いきなりなんだ!?　暗殺者か!?」

「いいや違うぜ。こいつらこそ俺の愛すべき戦友、その中でも特に信頼している『五大狼』の連中だ」

ザクスの下に集う黒衣の戦士たち。

野獣の如き顔付きをした青年。

柔和な笑みを湛えた紳士。

両目の潰れた白髪の老人。

不自然なほど美しい少女。

そして最後に仮面の男。

血臭纏いし彼らは一斉に、ザクスへと傅いた。

「オンナどもを殺したのは、これからお前さんと〝男同士の話〟がしたいからだ。この場はこれより女人禁制ってな。あ、殺した中にお気に入りがいたんなら謝るぜ？」

「……いやいい。所詮はなんの価値もない下女たちだ。それで、その話とはなんだ？　くだらん内容なら本気で怒るぞ」

「ちげェよ、真面目なビジネスの話だ。王子(しごと)を取り逃(ミス)がしといてふざけるほど俺様も社会人舐めてねぇよ」

そう前置きして、言葉を続ける。

「なァ国王よ。ヴァイス王子の死体がいつまでも出てこないとなったら、兵や民衆たちはお前さんに屈服しづらくなっちまうよなぁ？」

「む」

「〝もしかしたらヴァイス様は生きてるんじゃないか〟と、余計な期待を抱いてよ」

「……ああそうだ」

認めたくはないがその通りだ。

無表情な上に一日中街をランニングすることもある奇特な王子だったが、接する機会の多い騎士たちや王都民からの支持は、なぜか絶大に高かった。

「人間性ってのは伝わるもんだ。アンタの兄ちゃん、よほど誠実だったと見えるな」

「黙れッ、私にとっては迷惑なだけだ！」

おかげでシュバール政権の支持率は皆無に等しい。

革命を正当化するために撒いた〝前国王と第一王子は極悪人で、裏では私腹を肥やしており～〟というゴシップも、地方くらいでしか効果がなかった。

「こうなれば王都民の希望を奪うだけだ。そのためにヴァイスの死体を探し出して晒す必要があるのだ」

「なるほどな。だったらココは『次策』と行こうや。とりあえず、王子と背格好の似たヤツを連れて来いよ」

「は？」

わけがわからなかった。

この男は何を言っているのだろうか？

「ああ、機密性を保持するためにもお前さんの臣下から内々で選びな。無理やりの拉致じゃどっかでバレる」

「……別に構わんが、『次策』とはなんだ？　私の臣下をどうする気だ？」

「決まってんだろ」

手にした酒杯を掲げるザクス。

次の瞬間、酒杯は爆炎に包まれて砕け散った。

「っ!?」

「炭化寸前まで焼き尽くせば人相も何もあったもんじゃないだろう。その上で、民衆たちに〝これぞヴァイスの死体である!〟と見せつけてやればいい」

「なっ……そ、それは……」

効果的な策ではある。それで諦める者も多いだろう。

だが、

「兄に従う者ならともかく、私の臣下を焼いて晒すなど……」

さすがのシュバールも逡巡(しゅんじゅん)する。

王位への欲から家族を殺した彼であるが、それでも決して冷血というわけではない。

「邪魔者の命は、どうでもいい。しかし私を慕う男たちには……」

それなりの情もあるわけで――、

「切り捨てな、国王陛下」

されど一言。

傭兵王は彼が続けようとしていた言葉を、食い千切るように否定した。

「どうせお前さんは革命で成り上がった王様だ。いずれお前さんを裏切る臣下は山ほど出るだろう」

「なっ、何を適当なことを!?」

「適当じゃねェよ。遵法(ルール)破って上に立った者に対しちゃ、〝こいつはロクデナシだから俺もやっちまおうかな〟なーんて思うのが人間ってもんだろ」

吐き捨てるように語るザクス。

彼は黄金の長テーブルに立つと、美食の数々を踏み付けながら青年王に近寄る。

「俺様だって何年か前、お気に入りだった幹部に裏切られた。〝お前はあまりに非道過ぎる、もう付いていけない〟って叫ばれて、殺されかけたぜ」

「私はお前とは違うッ!」

「そいつぁ寝言か? 家族殺して王位奪った鬼畜のくせによ」

「ッ!?」

ザクスの言葉に容赦はない。

周囲に媚びへつらわれ続けてきたシュバールにとって、いっそ新鮮なほどの切り口で心を抉られる。

「わ、私は、鬼畜じゃ……」

「主観なんざどうでもいい。要は周囲がどう思うかだ。そしてお前が『悪の支配者』と思われ続けている以上、臣下どもはいずれ必ずお前を裏切る。そいつらを殺す予行練習と思えよ」

「練習、と……」

「あァそうだ。そして」

間近まで来たザクスの指先が、シュバールの細い顎を上に向かせる。

「うッ……!?」

無理やりに顔を上げさせられる青年王。

彼の青く澄んだ瞳の前に、『傭兵王』の紫苑（しおん）の瞳が闇夜の如く君臨する。

「シュバールよ。アンタが『王』としての非情さを見せた暁には、『地獄狼』もその働きでアンタに報いよう」

「なんだと……何をする気だ」

「隣国を潰す」

はぁッ!?　と、シュバールの喉から声が漏れた。

顎先を掴む手を無理やりに払い、「何を馬鹿な！」と男に叫ぶ。

「我が国は革命を終えたばかりで、未だに治世ができていないのだぞ!?　なのに戦争なんて」

「逆に考えろよ。革命でガタガタなこの国を、周辺諸国が狙ってないと思うか？」

「なっ……まさか⁉」

「間諜が掴んだ情報だ。この国と同盟関係にある隣国『ラグタイム公国』は、半年以内にウチに攻め込む計画を進めているぜ」

「そんな……！」

そう。革命を終えたばかりのストレイン王国はまさに狙い時だった。

挿げ替えた首の癒着もままならず、傷口からの流血は、甘美な匂いで無数の敵を惹きつけていた。

「くっ……おかしい話ではないか。我がストレイン王国は資源豊かな大国。私が周辺国の立場なら、隙があったら裏切ってでも攻め込みたいと思う……！」

再び震え始めるシュバール。

だが、

「安心しろ、俺がいる」

「！」

傭兵王の大きな手が、彼の肩を強く叩いた。

「戦士として誓おう。この『傭兵王ザクス』と部下どもが主力になり、逆に隣国を叩き潰して見せると。……そうすりゃ諸国も黙り込むし、民衆たちだってアンタに屈服するだろ？『偽物の死体作戦』と合わせて威光は完全なモノとなるさ」

「――」

その瞬間……シュバールは目の前の男に対し、安心感のような感情を見出してしまった。

傭兵結社の総帥、ザクス・ロア。

今までいくつもの戦場を荒らしてきた恐怖の存在であるが、それが味方であることのなんと頼もしいことか。

戦争が好きで酒が好きで女が好きで強欲で……嫌悪感しか感じない人間と思っていたが……。

「重ねて詫びるが、悪かったなシュバール。第一王子の死体が見つからない件で、お前さんには気苦労をかけちまってよ」

凶悪な美貌に浮かぶ笑み。

荒々しいソレがとても落ち着いて感じられるのは、一体どういうことか……？

「代わりに、今回の戦争は行軍費の支払いのみで請け負ってやるよ。まァ俺も部下たちを食わせにゃならんから、隣国での略奪だけは許してほしいが」

「りゃ、略奪行為は……条約で……」

「おいおいシュバール。お前さんはそのお優しいルールを、『裏切り』っつー最悪のルール違反を犯した相手にも適用するのか？　ここは王の尊厳に懸けて、『裏切り者』へと『怒り』を表明する場面じゃァないのかい……!?」

「っ……！」

ああ、そうかもしれないと納得する。

今や『道理』は裏切りを受けた自分にこそあるのだ。他の同盟国を牽制するためにも、隣国を荒らし尽くす案はまったく悪いモノじゃない。

シュバールは一息吐くと、国王として威厳ある顔立ちで答える。

「ああ……わかった。王の名の下に自由行動を認めよう」

略奪行為を容認するシュバール。そんな彼の言葉に、傭兵王は「英断だぜ！」と笑みを深めるのだった。

「ふはっ、大した器じゃないかアンタ。男として見上げたもんだぜ」

「っ、貴様からの称賛などいらんわ！」

——そう怒りつつも、シュバールの胸にじんわりとした喜びが浮かんだ。

〃そうか……今の私は、男として見上げたものなのか〃

ついぞ、シュバールにはかけられたことがない言葉だった。

反対にシュバールは知性や美貌を褒め称える言葉を山ほどいただいてきたが、やはり男として思うところはあった。

雄（オス）として褒められるのは一流剣士の兄（ヴァイス）ばかり。

そんな、内心求めていた評価を、

「認めるぜ。国王シュバールは、俺の飼い主にふさわしい人間だとな」

最凶の雄、ザクス・ロアという男が認めてくれた。それがなんとも、こそばゆい。

「ふんっ……では私は、国民に晒すために臣下の死体を用意しよう。その後の戦争行動については貴様に一任していいのだな？」

「おうよ。何せザクス様は戦争のプロなんだぜぇ？　頼ってくれよ相棒ぉ～！」

「だ、誰が相棒だ！　まったくお前は気安いヤツめ……！」

文句を言いつつも、シュバールの口元には笑みが浮かんでいた。

ああ、曇っていた視界が晴れるような思いだ。

そうだ、そうだ、そうだとも。今や自分の手下には、あのヴァイスさえ倒した戦場の餓狼がいるのだ。

ならば恐れることなど何がある。革命を成した夜のように、邪魔者はすべて薙ぎ払ってやろう。

「それでは──国王シュバールの名の下に、客将ザクス・ロアとその配下たちに命じる！　私を裏切った『ラグタイム公国』を、撃滅せよッ！」

『ははアッ！』

ザクス含め、強壮なる『五大狼』の面々も跪いた。

あぁ最高だ。今や自身は最高の権力と国家すべての財貨をもって、世界最強の傭兵集団すらも動かせるのだ。

この時初めてシュバールは、自分が『王』になったのだと心から実感した。

「ふはははは！　では頼むぞザクスッ、私に勝利を持ち帰るがいい！」

「任せな国王。アンタの未来に栄光あれだ！」

「ああ！」

なお——

「うひっ」

同盟国『ラグタイム公国』が裏切った証拠など、この世のどこにも存在しなかった。

第7話　執事が反社だったわよ～～～～～～⁉

「レイテ嬢、今日の朝食は若鶏のソテーだ」

「……朝からちょっと重くない？」

「俺がシェフに頼んだ。『レイテ嬢にすくすくと育ってほしいから』と言ったらやる気になって作ってくれたぞ」

「なんか子供扱いみたいで嫌なんだけど⁉」

――ヴァイスくんたちを拾ってから数日が過ぎた。

今のところ、わたしの日常は平和そのものだ。

王国からのちょっかいなんかも特にないしねー。このまま穏やかに住民虐げ悪逆ライフを送りたいものね～。

「そうそう、昨日の流民の孤児虐待は楽しかったわね～。嫌がる小娘を拉致して脱がせて熱湯責めにして、薬品漬けにしてやってさ～！」

「ああ、シャワーしてやって全身を洗ってやったのだったな」

「最後はわたしに屈服させてやったわ！」

「メイドとして雇ってやったのだったな。嬉し泣きしていたぞ」

って、相変わらず見る目がないヴァイスくんねー。

あれは間違いなく悔し泣きよ。わたしだったらいきなりひん剝かれて全身を蹂躙(じゅうりん)されて使用人にされたら腹立っちゃうもん。

「やれやれまったくヴァイスくんは……あ、若鶏おいひー」

「それはよかった」

朝からお肉もなかなかいいわね。

そう思いながら、わたしが上機嫌にはぐはぐしていた——その時。

「お食事中、失礼いたします」

突如として執事が入ってきた。って何よ。

「わたし、ご飯中なんだけど」

「それについては大変申しわけありません。後ほど首を差し出します」

っていらね〜〜!?

「アンタの首なんてもらっても邪魔なだけよ……。で、どうしたわけアシュレイ?」

「は」

掛けた眼鏡をキラッと輝かせる執事。

こいつの名前はアシュレイ。わたし専属の執事で、使用人たちの管理などなどいろいろやってくれてる便利なヤツだ。

「いつも言ってるけど、わたしに踏んでほしいとかはナシよ？」

「そんな……あぁいえ、その件は置いておくとして」

「邪魔だから置くな」

そんなわたしの言葉を無視して、アシュレイは視線を鋭くすると、側に控えていたヴァイスくんを睨みつけた。

って、なになになに？

「アシュレイ……？」

「我慢の限界というヤツです。レイテお嬢様、私はどうしてもその男が許せないのですよ」

えっ、いきなり何言い出してるのこいつ⁉

まさか、ヴァイスくんと何か因縁あるとか⁉　ヴァイスくんってぬぼっとしてるけど顔はよくて優しいから、アシュレイの彼女さんとかが靡いちゃったとか⁉

昨日読んだ恋愛小説にそんな話があったわ！　乙女として興味深々！

「彼女さんを取られちゃったのアシュレイ⁉」

「？　いえ、私はそもそも彼女いない歴＝年齢の童貞ですが」

「ぶぇ⁉　……そ、そりゃよかったけどよくないわね」

何貞操の有無までカミングアウトしてるのよ……。

こいつ、たしかもう二十代も半ばだったし縁談組んであげようかしら……？

「じゃあなんなのよ一体。ねぇヴァイスくん、何かアシュレイに変なことしたわけ？」

「いや、彼とは会話自体したことないな。……使用人として挨拶くらいはしたいのだが、なぜかいつも無視されるのだ」

って何よそれ。ますますわけが分からないわ。

あと、

「……ねぇアシュレイ。わたし、使用人同士での無視とかイジメって大っ嫌いなんだけど。使用人を虐げていいのはわたしだけであって、いつアンタに人を傷付ける権限を与えたかしら？」

「もッ、申しわけありません！　ですが……それでも許せないのですよッ！」

振り絞るように叫ぶアシュレイ。

いつも冷静沈着でたまに変態な彼がここまで取り乱すのは見たことがない。これはよほどの理由がありそうだ。

「ヴァイスゥゥ……！」

アシュレイは憎悪に歪(ゆが)んだ表情でヴァイスくんを指さし、そして――、

「ヴァイス・ストレインッ！　レイテお嬢様に愛されている貴様を、私は許さないッ！」

「「は――はぁ!?」」

……まさかの発言に、わたしとヴァイスくんは揃って声を出してしまった。

っていやいやいやいやいや。わたしがヴァイスくんを愛してるってどゆこと!?

「アンタ何言ってるわけ？　わたしが彼を愛してるって……！」

「だってレイテお嬢様、ずっとヴァイスを側に侍(はべ)らせているじゃないですか！　いくらそいつが王国から狙われる王子で目を離せないからといって、限度があるでしょ！　お風呂と寝る時以外ベッタリじゃないですか！」

「それは……」

否定できない。たしかにここ数日、わたしはヴァイスくんを側に置き続けているからね。

「……まぁ仕方ないじゃないの。ヴァイスくんが頼れる護衛役ってのもあるけど、彼は物静かでベタベタしてこないし、媚びへつらった感じもないから落ち着くっていうか……」

「ぎゃあああああああ!?　レイテお嬢様を寝取られた〜〜〜〜〜〜〜〜!?」

「ってアンタと寝たことないでしょうがッ!?」

今日は普段に輪をかけて気持ち悪いんだけどこいつ!?　マジでなんなの!?

「うぅぅぅ……脳が壊れる感覚がするぅ……！」

「実際壊れてんじゃないのアンタ……。それで、どうしたいってのよ？」

「決まっています！」

アシュレイは襟元を緩めると、ヴァイスくんに対して拳を向けた。

「ヴァイスッ、私と決闘しろ！　私が勝ったら、お嬢様の護衛の座を譲ってもらうぞ！」

え、えーーーー!?　あのヴァイスくんと、決闘!?

「あ、アンタ何言ってるのよ!?」

「別に構わないでしょう？　護衛には強い者がなるほうがいい。ゆえにこれで私が勝ったら、お嬢様はより強い護衛を側に置けるわけだ」

「そーいうことじゃなくて、ヴァイスくんに挑むのは無理だって言いたいのよ！」

先日の大鬼（ジャンボオーガ）死体暴走事件にて、わたしは彼の実力を知ってしまった。

ナントカ流異能剣術で大爆発を起こして大鬼を爆滅させたヴァイスくん。あれはもう完全に人間じゃない。

間違いなく死ぬわよアシュレイ？

「ヴぁ、ヴァイスくん！　ちなみに聞くけど、アナタって〝ほどよく〟手加減できるタイプ？」

「すまないレイテ嬢、俺は〝ほどよく〟という曖昧(あいまい)な感覚がわからないタイプだ」

「でしょうね！」

うんなんとなくわかってた。なんというかヴァイスくんって生き様が不器用な感じだもんね。

「というわけでやめときなさいアシュレイ。爆発王子のトンチキ奥義でアンタ童貞のまま死ぬわよ？」

「アナタのために死ぬなら本望。その時は種を残せなかった代わりに、領地の大地に溶け込んで花畑を咲かせますよ」

「お願いやめてしなないで」

心からこいつの生還を願ってしまった。

いや本当に冗談抜きでお願いだから、わたしの領地を汚さないでほしい……！

◇◆

——そんなこんなで、『爆発王子ヴァイスくん』VS『変態執事アシュレイ』のドチャクソ決闘(デュエル)を審判することになってしまった。

まぁ十中八九アシュレイが童貞のまま人生終了（ターンエンド）するでしょうけどね。

「ヴァイスくん、できれば重傷くらいに留めてあげてね〜……？」

「善処はするが、意識不明は覚悟してほしい」

はい嘘のない言葉ありがとう！　善処してソレか〜！

「まぁ、そん時はそん時ね……」

ちなみに現在の場所は領地外縁の『魔の森』付近だ。

魔物が領地に押し寄せてくる入口みたいな場所ね。

ここならヴァイスくんが滅びの爆発（バースト）謎剣技で大破壊しても問題ないし、アシュレイが大地を汚しても気にならないから。

「はいというわけで、わたしの護衛役を懸けた決闘を始めるわよ〜」

『オォォォォォォーーーーーーッ！』

叫び声をあげたのは領地の兵士団だ。

一応『魔の森』手前に出向くってことでわたしが連れてきた。

「あのヴァイス様の戦いがまた見れるなんて……！」

「執事さんには悪いが、ヴァイス様を応援させてもらうぜ！」

「参考にさせてもらいます！」

彼ら的にもヴァイスくんの戦う姿は見たいようだ。すっかりファンね。

さて、そしてわたしたちに見守られながら睨み合う決闘者たちの様子はというと、

「執事よ。先刻言った通り、俺は加減が苦手な男だぞ？」

「舐めるなよ王子。むしろ手加減してやろうか？」

「ほう……」

お、おぉぉぉおっ、なんか予想以上にシリアスでバチバチなんですけど!?

ヴァイスくんは油断なく抜刀の体勢を作り始めたし、アシュレイのほうも拳を構えてステップを刻み出した……！

「――ふむ。ヴァイス様はもちろんのこと、アシュレイ殿も隙がない」

「あら？」

わたしの横に現れたのは、元王国騎士団副団長のムキムキさわやかソニアくんだ。彼は思案気な顔でアシュレイのほうを見る。

「アシュレイ殿の構えは近接闘法(パンクラチオン)に近しいですね。拳を固めて足を駆動させていることから、『駆け寄って殴る』と宣言しているようだ。されどヴァイス様は長剣の使い手。アシュレイ殿が攻撃するには必然的に王子の一撃を一度防ぐか回避する必要があるのだが――」

「めっちゃ喋るじゃんソニアくん」

だけど解説助かるわ。わたしバトルには詳しくないからね。

「なんだかわたしもワクワクしてきたわね。それじゃあ二人とも——決闘開始よ！」

「「オォッ！」」

瞬間、二人は同時に行動を始めた。

「我が身に力をッ、『天楼雪極』！」

ヴァイスくんの全身から蒼白(そうはく)の光が湧き上がる。

身体強化系ギフト『天楼雪極』が発動した証だ。

「それがどうした！」

対してアシュレイは愚直に駆ける。拳を構えた独特な低姿勢のまま、ヴァイスくんの前まで迫る。

「それ以上は寄らせるものか。〝ストレイン流異能剣術〟奥義——『抜刀・斬煌一閃』！」

次瞬、情け容赦なくヴァイスくんは必殺技を解き放った。

超音速での居合斬(いあいぎ)り。それに合わせて斬閃が放たれ、大爆発が巻き起こる。

「うひゃぁっ⁉」

思わず声が出てしまった……！

大鬼の時ほどじゃないかもしれないが、それでも十分な音と衝撃だ。

砂埃（すなぼこり）が舞い上がり、アシュレイの姿はその中に掻き消えてしまった。

「あ、アシュレイ？　もしかして本当に死んじゃったの……？」

すわこれで決着か。そう思ったが、しかし。

「――まだだッ！」

砂煙を突き破り、アシュレイが無傷のまま姿を現した！　って、ええ!?

「なにっ」

「受けるがいいッ！」

炸裂（さくれつ）するアシュレイの鉄拳。それはヴァイスくんの腹に突き刺さると、そのまま彼を何メートルも後退させた。

「くッ……」

どうにか耐えるヴァイスくん。しかしその表情は苦しげだ。

っていやいやいやありえないでしょ……！

「身体強化されたヴァイスくんは、鬼の攻撃も受け止めれるのよ？　それにアシュレイ、アナタってば爆発剣術をやり過ごしたことといい、一体何を……」

「簡単なことですよ、お嬢様」

燕尾服（えんびふく）の前を開けるアシュレイ。

そして彼が眼鏡を外すと――その全身から、灰色の光が湧き上がった……！

「それは、『ギフト』の光……!?」

「隠していて申しわけありませんでした。実は私、〝ギフトを無効化するギフト〟の持ち主でして」

え、えええええそうだったの!?

なんで雇用主にそういうこと言わないのよ！

履歴書の特技欄にちゃんと書いておきなさいよ！　むきー！

「隠し芸じゃないんだからヒミツにすることないでしょっ！　そーいうギフトがあるとわかれば、それに見合った仕事だって振ったり」

「――お下がりくださいッ、レイテ様！」

わたしが文句を垂れていた時だ。ソニアくんがムキムキな腕でわたしを庇い、さらには剣を抜いてアシュレイに向けた。

って何よ!?

「名前だけならいざ知らず……ギフト無効化能力に、灰色のアリスフィア放射光……。間違いありません。この男は、傭兵結社『地獄狼』のアシュレイにございます！」

「ファッ!?」

そ、そんな経歴、履歴書になかったんだけどぉーーー!?

「ふっ、ふえええええ!?『地獄狼』ってあの、第二王子に雇われて革命を成功させちゃった極悪組織の!?」

王城燃やして国王様殺してヴァイスくんたちをボロカスにした、あの!?

「マ、マジなのアシュレイ?」

「マジですよお嬢様。……といっても数年前に辞めた身ですが」

「あ、なんだよかったぁ。ってよくないわよッ!?」

それでも履歴書の前職欄に書いておこうよ〜〜〜〜〜〜!

わたし、反社会勢力の人雇っちゃってたよー!

「ま、まぁ下(した)っ端(ぱ)だったなら……」

「いえ、『五大狼』という一万人の構成員の上位五名にあたる立場でした」

「めちゃ偉かった〜〜〜!?」

ちょっとちょっと……この領地の悪党はわたし一人でいいんだけど。

領民たちにキャラ被(かぶ)ってるって思われちゃうじゃないのどうするのよ……。

「すみませんね、お嬢様。本当は死ぬまで黙っているつもりだったのですが。……だがしかし、先刻申し上げた通り、我慢できなくなってしまったのですよ」

琥珀色の瞳でヴァイスくんを睨むアシュレイ。その眼光には本気の怒気が宿っていた。

「ヴァイスよ。貴様はその程度の強さで、お嬢様を『傭兵王』との戦いに巻き込もうとしているな」

「！」

ヴァイスくんの顔に動揺が走る。ずばり、図星といった表情だ。

「貴様もわかっているはずだ。『傭兵王』は……ザクスさんは最悪の人物だと。ひたすらに強い上に邪知にも優れる。闘争本能を満たすために、謀略、詐欺、恐喝、脅迫、あらゆる手段を使って戦争を起こす極悪人だぞ」

「わたしとキャラ被ってるわね」

「「……ふ」」

思っていることを呟いたら二人に微笑を向けられた。って何よ!?

「お嬢様は置いておくとして」

「置いとかないでよ！」

「ヴァイスよ。再革命を成し、『地獄狼』を討伐せんとする貴様の心意気は認めよう。私が言うのもなんだが……あの組織はクソだ」

わたしを無視し、アシュレイの口から飛び出す悪態。苦虫を噛み潰したような表情で彼は語る。

「まともな連中ではないさ。ザクス・ロアの下、荒らした街を欲望のままに食い漁（あさ）り、人々を恐怖に突き落とす餓狼の群れだ。あんな連中が国の中枢に居座り続ければ、この先どうなるかわかったものではない」

だが、と。アシュレイは続ける。

「心意気が正しくとも、力がなければヤツらに食い潰されて終わりだ。そんな結末にレイテお嬢様を巻き込みたくはない」

「……納得できる意見だ。ゆえに再革命の準備なら、他の土地でやれと?」

「ああそうだ。そして」

アシュレイが胸元から何かを取り出し、わたしへと投げる。

「わ!?」

それは一枚のメッセージカードだった。

慌てて掴み取ってみると、そこにはわたしへの感謝と別れの言葉が書かれており……、

「って、これ辞表?」

「えぇそうです。本日限りでお暇（いとま）を頂こうかと」

寂しげな笑みで、彼は告げる。

「……『地獄狼』が国の中枢に居座った以上、造反者たる私の存在も察知されかねない。それではお嬢様に危険が及んでしまう」

「そ、それで出ていくっていうの？」

「はい。ヴァイスと同じく、私も『地獄狼』の〝獲物〟ですので」

ゆえに王子だけ追放して居座るなんて、そんな恥晒しをする気はありませんよ――と、彼はヴァイスくんを見ながら語った。

「そ、それからアンタはどうするのよ？」

「私も悪行を重ねた身ですからね。責任として、私もヴァイスの再革命に加担し、『地獄狼』を滅ぼすために命を投げ打つ所存です。……ゆえに今回の決闘は、新たな主君の力を見るためにも開いたのだが……」

王子を見る目に失望を浮かべるアシュレイ。

彼は肩を竦めながら、「これではザクス・ロアに届かない」と失笑を漏らした。

「この程度の力で再革命を成すつもりだったのか？　笑いものだな。いっそ私が軍勢が率いてやろうか？」

「……それは頼りになる申し出だ。だが俺は王子。仲間たちは俺が率いてみせる」

再び睨み合う二人。彼らはこの決闘にて、再革命軍のリーダーを決めるつもりらしい。

……もはやわたしの護衛役を巡る件は『終わった話』になっているようだ。

二人ともわたしを巻き込まないために、すでに土地を去る気なのだから。

「はぁ…………」

ああ、そりゃいいわね。

わたしも内心、政権争いに巻き込まれるのは勘弁だと思ってたし。

でもねぇ……。

「なんだか――腹が立ってきたな」

わたしを放置して、話を進めるなよ。

そう思いながら決闘の場に踏み込んだ。

一瞬遅れてソニアが制止してくるが、知ったことか。そこで見ていろ。

「アシュレイ」

「お嬢様？　今さらなんの御用で、」

「黙りなさい」

わたしはそのまま、アシュレイの股間に蹴りを食らわした。

「ぼふぅ!?」

奇声を上げて転がるアシュレイ。

股を押さえながらのたうつこいつの腹を、お望み通りに踏み付けてやる。

「うごっ⁉　ぉ、お嬢様……⁉」

「よく聞きなさい、アシュレイ」

わたしはふう、と息を吐くと、意を決して彼に打ち明ける。

「わたし、アンタのこと嫌いじゃないわよ」

「なっ……えぇ？」

目を白黒とさせるアシュレイ。何を言っているのか、という顔でこちらを見てくる。

「あぁ、言っておくけど恋愛的な意味での感情はないからね？　アンタってばわたしの抜け毛集めて『ミニレイテ人形』作ってる変態だし」

「ど、どうしてそれを⁉」

「私が悪党だからよ。裏切りに備えて、配下たちの趣味くらい把握してるわ。そして……そんな変態のアンタだからこそ、数少ない信用できる相手だと思ってるのよ」

そう。わたしが信用できる相手は極めて少ない。

一見持て囃（はや）してくる連中も、みんな媚びているか何か思惑があるようにしか思えない。

だけどその点、ヴァイスくんやこいつは違う。

ヴァイスくんはとにかく不愛想。だけど代わりに、その言動に嘘はないとよくわかる。

対してアシュレイは、変態だ。

わたしに向けてくるニチャニチャとした笑みは、完全に変態のモノだ。

そう変態。あまりに変態。正直言って気持ち悪い。

でも変態であるがゆえに、わたしのことが本当に好きなのだとよくわかるのだ。

「なのにアンタは、勝手に話を進めて、わたしから離れようとしてるわけ？　――ふざけるなよ」

再び胸に、怒りが満ちる。

わたしはアシュレイの腹を踏み付けたまま、胸倉を掴み上げて顔を寄せた。

さすがのこいつも苦しそうにするが、知ったことか。わたしは悪党なんだからね。

「舐めるなよ童貞風情が」

「っ⁉」

「お前はわたしの〝所有物〟だ。それが勝手な意思を持つなよ」

何が〝責任として命を投げ打つ〟だ。

彼の動揺した瞳を間近で見つめながら、その耳元で囁(ささや)いてやる。

「お前のすべてはわたしのモノだ。わたしの側で、生きて死ね」

「はッ、はひッーー！」


首をぶんっと縦に振る執事。

よしそれでいい。「いい子ね」と褒めて撫でてやる。

すると彼は顔を赤くしながらぶっ倒れた。可愛いわね。

「さて」

次は王子のほうだ。

執事から足をどけて振り向くと……って、何よ信じられないものを見る目をして。

まぁいいわ。――ヴァイスくんにはこう言えばいいわ。


「本気を見せてよ、ヴァイスくん」

「っ……！」


真っ直ぐな視線で彼へと告げる。

わたしはヴァイスくんに失望なんてしていない。むしろ、「ここからだよね」と笑ってみせた。

「ヴァイスくん。アナタは執事を、殺す気だった？」

「……いや」

「決闘前に意識していたことは？」

「……キミの言葉だ。不器用なりに、重傷で済むよう努力した」

そうだよね。ヴァイスくんは優しい人だし、苦手なことも頑張れる子だもんね。

うんそれじゃあ
「それらの意識、すべて捨てなさい」

「っ⁉」

「本気で、殺す気でアシュレイを襲いなさい」

「っっっ⁉」

あらヴァイスくん、何を目を見開いているの。

「レ、レイテ嬢。そんな、ことは……」

「できないというの？　もしかしてまだアナタ、下手な手加減をしたまま挑む気だった？」

あぁやっぱりね。アナタは優しい人だものねぇ。

でも。

「寒いのよ、『氷の王子』。わたしはアナタの強さに対して、苦戦なんて求めていない」

「っ……！」

惑う王子を鏡眼(ひとみ)で射貫(いぬ)く。

そうよ。このわたしも他の兵士たちと同じよ。

決闘を前にして密(ひそ)かに期待していたのは、〝ヴァイス・ストレインが超絶剣技で勝つ姿〟なのよ。

お前の弱さなんて見たくもないわ。

「期待に応えなさいよ、王子。このわたしと――彼らの期待に」

振り返るように腕を伸ばす。そこには、この決闘に期待していた兵士団の面々が。

わたしの目は見逃さない。アシュレイの実力とまさかの正体に驚きつつも、無双を遂げられなかったヴァイスくんに〝残念だ〟と思った様子を。

「加減して圧倒できるならそれでいいのよ。でも、無理なんでしょう？　アシュレイは実力者なんでしょう？」

「……あぁそうだ。慣れない加減が負けに繋がるほど、彼は強い」

「だったら答えはひとつじゃない」

下手な問答はここまでだ。彼の迷いに、トドメを刺す。

「ヴァイス・ストレイン。舐めた闘いでわたしたちもアシュレイも馬鹿にするか、あるいは極めた武力を示すか。アナタは王子として——何より『男』としてどちらを選ぶの？」

——ぎしり、という音が鳴った。

ヴァイスくんが剣の柄を握り締める音だ。

それが明確な〝答え〟だった。

「……レイテ嬢。俺は本来、塵屑（ごみくず）なんだよ」

顔が下がり、瞳が隠れる。

「俺は優秀な第二王子（おとうと）と違い、頭も悪ければ愛想もない。本当に駄目な王子なんだよ」

声が落ちる。

気迫も消える。

ついには握っていた剣を、再び鞘へと納めてしまった。

まるですべてを諦めたように。

「だが」

刹那、大気が一気にざわついた。

駆け抜ける悪寒に肌が粟立（あわだ）つ。兵士団の中には呻（うめ）いてしまう者もいた。

「……何も持たざる俺だからこそ、日々『剣』だけは振るい続けた。〝せめて此れだけは敗けまい〟と、鍛錬に鍛錬を重ねた……！」

決闘の場を支配したのは、彼から溢れた冷たい闘気だ。

再び前を見る瞳。そこに宿るのは執念の光。

「そうして手にした俺の『強さ』……ソレを信じてくれる者たちがいる……。そして俺自身もまた、実力だけは信じているし信じたい……。あぁ、ならば」

そこでようやくわたしたちは気付いた。

一見諦めたように剣を収めた姿。

それは彼の戦闘姿勢。〝抜刀の型〟であるのだと。

「俺の〝尊厳〟を示すためにも、負けて堪るか！　ふざけるなーーッ！」

瞬間、一気に放射光が溢れた。

絶対零度を思わせるような蒼白。されど極まった冷たい光は、太陽の如くわたしたちの目を灼かんとする……！

「っ……起きなさいよアシュレイ。あれが王子の本気みたいよ」

「もう起きてますよ、お嬢様」

いつのまにやら側に立っていたアシュレイ。

蒼き極光の前に、彼は獰猛（どうもう）な笑みを見せた。

「ああ、ようやく楽しくなりそうじゃないですか……！　あれでいいんですよ、あれで」

「機嫌いいわねぇ。アナタってバトル大好きだったわけ？」

「えぇまぁ実は。『地獄狼』に入ったのも、元々は血気盛んだったからでして」

彼は懐（ふところ）に手を入れると、いつも掛けている眼鏡を渡してきた。「おそらく無傷じゃ済みませんので」とのこと。

「お嬢様に預けます。できればお胸のところに入れておいてください」

「わかったわ」

眼鏡をそのへんの地面に捨てる。

さぁ、いよいよ決闘本番だ。

「……無様を見せたな、アシュレイよ。もはや手加減などはしない。俺の『唯一（つよさ）』を見せてやろう」

腰だめに刃を構えるヴァイスくん。抜刀の型は最初と同じ。されど溢れる蒼光と気迫はまるで違っていた。

「ふはっ、上等だヴァイス・ストレイン！」

対するアシュレイも異能（ギフト）の灰光を輝き放つ。

その顔付きは凶悪かつ好戦的。今まであんな本性を眼鏡の奥に隠してきたのね。

『『地獄狼』の残忍性こそ嫌悪した私だが、戦闘の興奮は未だに愛しているッ！　ゆえに、さァッ、やろうか王子よ――――！』

そして執事は一気に駆けた。

速い。身を屈めながら襲いゆく様は、まるで野生の狼のようだ。

「次は頭蓋を殴り抜いてやる。最大出力、ギフト『灰塵鬼』！」

さらに溢れ出す煤けた光。

まるで灰を被ったようにアシュレイを包んだそれは、異能殺しの異能だった。あれではヴァイスくんの異能剣術は効かない。

「これでッ！」

終わりだと。

そう叫びながら執事が殴りかかったが、しかし、

「『抜刀・斬煌一閃』」

「ッッッ!?」

刹那に閃く破滅の抜刀。大爆発が巻き起こる。

先刻の比では断じてない。王子の手元が一瞬ぶれるや、アシュレイとその背後数十メー

トルが、木っ端微塵に消し飛んだのだ。『魔の森』に爆音が響き渡る。

「ぐぅううッ!?」

舞い上がる粉塵を突き抜けていくナニカ。それは苦悶の表情を浮かべるアシュレイだった。

またも衝撃を無効化したように見るが、違う。彼の燕尾服は傷付いており、明らかにダメージを受けていた。

これは一体……、

「――なるほどッ！　無効化できる異能出力にも限界があるというわけか！」

「あ、ソニアくん」

ここで何やら語り出したのはムキムキさわやかソニアくんだ。

「アシュレイのギフト『灰塵鬼』。〝異能を無効化する異能〟と言ったが、無効化の正確な条件は不明だった。でも見てください今のアシュレイを！」

「う、うん」

膝をつきかけているアシュレイを見る。

何か変化があるとすれば、少し傷付いているのと……、

「灰色の放射光が、少なくなっている？」

「そう正解ですッッッ！！！」

うるさッ!?

「ヤツの放射光は文字通り『鎧（よろい）』なのでしょう。異能による攻撃を弾くことができるが、そのたびに放射光は『損耗（そんもう）』していく。それに凄まじい出力の一撃を受ければ、処理しきれずに貫通してしまうというわけです」

「なるほど、異能に対して完全無欠じゃないわけだ」

弱点がある能力だとわかった。

でも灰の鎧はまだ残っている。有効打を与えるには、ずっと高出力の攻撃をし続けるしかないんじゃないの？

となるとヴァイスくん大変よ？

「ギフトは使うごとに体力や精神力を消費するわ。だから」

先に攻撃するヴァイスくん側が息切れしちゃうんじゃゃ——と。

そう言おうと思ったけど……、

「……いや、まぁヴァイスくんなら大丈夫そうね」

「ですね」

わたしたちは苦笑しながら王子様のほうを見る。

そこには放射光を一切翳らせていない凄絶な姿が。


「次だ」

彼は抜き放った長剣を、今度は天を衝くように片手で掲げた。

そして、蒼き光が剣に収束。まるで搭のように巨大な刃が顕現し――――、

「〝ストレイン流異能剣術〟奥義――『断絶・斬煌烈閃』」

天地を裂く一撃が、解き放たれた。

アシュレイめがけて豪快に振り下ろされた巨大光剣。

一〇〇メートル以上もあるソレは、地面に当たった瞬間に重さと衝撃と大爆発で『魔の森』の大地を大粉砕。

結果、大量の砂塵を巻き上げながら森に『渓谷』を作ったのだった。

……って、

「ちょっっっ、何サラッと地形変えてんのよ⁉　ヴァイスくんアナタなんなの⁉　いやたしかに本気を見たくていろいろ煽ったけど、やば過ぎっていうかアシュレイ確実に死んで

るっていうかアナタ本当に人間なのっていうかぁ!?」

「あぁ、いつもの調子に戻ったんだなレイテ嬢。先ほどまでのキミはかなり怖かった。……母親に怒られるとはああいう気持ちか」

「って誰が母親よ!?」

アンタみたいな人間兵器を産んだ覚えはありません！

もうっ、『魔の森』中から魔物たちの大絶叫が聞こえるんだけど!?　本来はアイツらのほうが恐怖存在なはずなんだけど!?

「だが、まだだ」

「ほえ!?」

「まだまだ俺はここからだ。何せ」

地にできた渓谷を睨むヴァイスくん。すると、奈落の底より灰の光が輝き光った。

「あの男が、まだ生きているのだからな」

瞬間、「オォオオオーーーーーーーーーッ！」という雄叫び（おたけび）と共に、人影が岩壁を突っ走って跳躍する。

アシュレイだ。なんと彼はあの一撃から生存し、再び地上に降り立ったのだ。

「はアッ、はアッ、はぁ、はぁアッ……！」

もう最初の余裕などどこにもない。

息は絶え絶え。あちこちグチャグチャ。高級な燕尾服はもはやボロ雑巾だ。

でも、

「ヴァイスぅぅぅ……ッ！」

その目は未だに死んでいなかった。

凶悪な笑みを浮かべるや、もう一度灰光を滾らせた。

「ふはははは！　貴様ッ、それほどの力があるならそう言えよッ！」

「いや何、俺もここまでの力を発揮したのは初めてでな。……レイテ嬢と出会ってから、どうにもギフトが好調なんだ」

アシュレイに負けじと、蒼き光をさらに滾らせるヴァイスくん。

って、え!?

「なんでわたしと出会ってから好調なの!?」

ヴァイスくんのギフト『天楼雪極』って激情を身体能力に変える力だよね!?

つまり怒りとかそういうの！

うぇ、つまりわたし恨まれてる!?　やっぱり悪役だからぁ!?

「「さぁ、決着と行こうか」」

やきもきするわたしをよそに、二人の決闘は佳境に向かう。

「灰の光よ、我が身に力を。『神威解放・殉光ノ型（オーバーロードアリスフィア）』！」

目が焼けるほどの放射光を放つアシュレイ。

そして彼は飛翔した。

人の身でありながら十数メートルも空に跳ね、『魔の森』の大木の上に着地。

さらに木が抉れるほどの力で踏み蹴ると、木から木への超速移動を開始したのだ――――！

って、

「いやアシュレイもアシュレイで何それ⁉　すっごい光りながらすっごい動いてるんだけど⁉　アンタの能力って異能殺しじゃなかったの⁉」

そうツッコむわたしにソニアくんが「まさかアレは⁉」と叫んできた。

あぁうん解説まかせた！

「アレは『神威解放・殉光ノ型（オーバーロードアリスフィア）』！　アリスフィア放射光を何倍もの加速度で出力することで、物体干渉度を上げる技法です。その状態で踏み込みと同時に放出し、身体機動力を高めているのですよ！」

「な、なるほど。つまり足裏から激流を噴き出してるようなものってこと？」

「そう正解ッッッ！」

うるさッッッ⁉

「攻撃や防御にも転用できる異能力者の上級闘法ですよ。ただし、噴出しているものは『血液』に等しい。何せギフト起動には体力を消費しますからね。放射光の過剰噴射は、血をブチまけているのと同じだ」

「何よそれぇ……」

狂気の戦法じゃないの。わたしなら絶対にやらないわよ。

でも、

「ふはははははッ！　捉えきれるかなヴァイスよッ！」

……アシュレイは出力を跳ね上げ続ける。

王子を包囲するように木から木へと駆ける速さは、ついに音が遅れるほどの領域に到達。

アシュレイが何十人にも見え始めた。ひぇぇ夢に出るぅ……！

「消耗は殺人的でしょう。ですが、あの機動力では動きを捉えるのは至難。そうして王子が惑った隙に、一瞬で首か心臓を殴り砕く腹積もりだ……！」

「うぇ、ヴァイスくんピンチなの!?」

ソニアくんと共に固唾を飲んでヴァイスくんを見る。

無数の残影に上空を取り囲まれた彼だが――しかし、

「無駄だ」

まったく動じた様子はあらず。

彼は再び納刀姿勢を執ると、全身から溢れる放射光を鞘へと集中させた。

そして、

「〝ストレイン流異能剣術〟奥義――『滅尽・斬煌亂閃』」

放たれたのは十六条もの光の斬撃。

乱反射するが如き破壊光が、周囲一帯の木々を悉く爆滅した――!

「なにィッ!?」

これにはアシュレイも悲鳴じみた声を上げる。

十六連破壊光は彼にも直撃。その身に纏う〝異能殺し〟を激しく損耗させた。

さらには飛び移る先の木々が消滅したことで、彼は空中で無防備になる……!

「『滅尽・斬煌亂閃』。鞘と鍔の間で小爆発を何度も起こし、連続で『斬煌一閃』を放つ奥義だ。まぁ、体力も剣の耐久度も消耗する技だが」

静かに語る、白雪の王子。

彼は罅(ひび)割れた刃を鞘に納め、再び居合切りの姿勢を執った。

そして。

「しかし――決着をつけるだけの余裕は、残しているさ」

「っっっ⁉」

もはや、灰かぶりの執事はただ墜(お)ちるだけ。

次なる一撃を回避できるわけがなく、

「〝ストレイン流異能剣術〟奥義――『抜刀・斬煌一閃』」

最後に輝く破滅の極光。剣閃に舞う原子崩壊(ヒカリ)の吹雪。

王子の〝唯一(つよさ)〟が、『魔の森』ごとアシュレイを大爆発させたのだった。

第8話　ちゃんと寝なさいヴァイスくん！

――『魔の森』が消滅しかけた決闘から数日後。

わたしは屋敷の庭園にて、優雅に紅茶を飲んでいた。

「ん～まだまだ微妙ね。蒸らす温度が高過ぎたのか、茶葉の風味が飛んでるかも」

「そうか、難しいものだな」

無表情ながら少ししょぼくれるヴァイスくん。

そう、実はこの紅茶は彼が淹れたものだったりする。

これまでは執事のアシュレイがやってくれてたんだけどね。

でも彼は、あの決闘で王子のトンチキ斬撃を受けて……、

「――まったく不器用だなお前は！　レイテお嬢様に不快な思いをさせるんじゃないっ！」

はい、しっかり生きてました。

プンプンと怒る元反社系変態眼鏡執事ことアシュレイ。傷ひとつなく無駄にピンピンとしております。

ま、実際は少し違うんだけどね。

「元気ねぇアシュレイ」

「それはもう。生まれ変わった気分で働いておりますよ、文字通りね」

晴れやかな笑みで彼は言う。

あの決闘の日のこと。ヴァイスくんの剣技を受けた彼は、当然ながら無事じゃすまなかった。

〝異能殺しの異能〟のおかげで消し炭にはならなかったものの、全身こんがり火傷かつ手足も全部吹き飛んでハニワみたいになっちゃってた。

それをなんとかしてあげたのが、王子様たちのことも救った『聖神馬の霊角(ユニコーン)』パワーである。

引継ぎ業務もせず死んでるんじゃないわよ、ってね。

「重ねて謝罪を、お嬢様。私はアナタの器の深さをまだまだ舐めておりました」

深々と頭を下げるアシュレイ(元ハニワ)。

「……！」

「まさか極悪結社『地獄狼』の元幹部と知ってなお、私を引き留めてくださるとは」

「あぁ、まぁねぇ……」

その点については、正直後悔があるところなのよね〜〜〜〜……！　いや変態な上に極悪な眼鏡が配下とか怖過ぎるし。この領地に悪人はわたし一人で十分なのよ。

でも決闘の日のわたしは途中からキレ散らかしてたからねぇ。冷静に保身を考えるなら、こいつも王子も手放すべきだったわ。

まぁだけど、

「わたしは絶対者のレイテ様だからね。自分の決断はひっくり返さないつもりよ。これからもわたしに仕えなさい、アシュレイ」

「はいィッ！　命も貞操もアナタ様にお捧げします！」

「貞操はいらないっつの！」

相変わらずの変態執事ねぇ。

でも有能だから許してあげるわ。

「バトルしかできないヴァイスくんにお茶の淹れ方を仕込んでみせた件、実に見事よ。えらいえらい」

「でゅへッ！！！」

喜び方きも。

やっぱ捨てようかなこいつ。

「ふん、いいかヴァイスよ。貴様を護衛役と認めた以上、日夜お嬢様に付き添う身として最低限の世話はできるようになってもらうからな？　レイテお嬢様を満足させるのだぞ」

「ああ、わかってるさアシュレイ。朝から夜まで彼女を満足させられる男を目指すぞ」

「って何を言ってるんだ貴様は⁉　夜は満足させなくていいッ！」

「む？　『日夜』とは日が出てから夜までという意味じゃないのか……？」

……ちなみに二人の仲は微妙である。

変態でヒステリックなところがあるアシュレイと、天然でスットボケの王子様。よく話が噛み合わなくなって言い争いをしているようだ。

「はいはいアンタら、喧嘩(けんか)はそのへんにしときなさいよ」

「お嬢様は私とヴァイスのどちらに夜満足させてほしいのですか⁉」

うるさいアシュレイ少し黙れ！

「元ハニワのくせに！」

「私がハニワですと？　それはどういう……ハッ、もしや形状からして男性器の意⁉　お嬢様は私を『性のシンボル』に見立てていたッ⁉」

ぶっ殺すぞ変態執事！

「なぁレイテ嬢、どうしてアシュレイは怒ってきたんだ？　満足とは肩を揉むとかだろう？　夜にしてはいけないのか？」

「あぁうんヴァイスくんはそのままのアナタでいてねー！」

……なんだかめちゃくちゃ周囲がうるさくなったわね。まぁ辛気臭いよりいいけどさ。

「フッ、わかってないなヴァイスよ。揉むのは肩ではなく、背丈と違って最近なぜか膨らみつつあるレイテお嬢様の」

「ってヴァイスくんを汚すな短小ハニワ」

「短小ハニワ!?」

もううっさいっつの。

「ともかく聞きなさい、アナタたち」

このままじゃ話が進まないから、言いたいことを言わせてもらうわ。

「覚悟なさい。我がハンガリア領にて、もうすぐ『大仮装祭（だいかそうさい）』が始まろうとしているわ」

カッコいいポーズで宣言する！

「領主としての威信にかけて盛り上げるわよ！　今日からは使用人たちも協力して、領民たちの出店準備と衣装作りを手伝いなさい！」

「ハッ！」

元気に頷く変態ハニワゴミ眼鏡執事。でも王子様のほうはきょとんとした様子だ。って何よ。

「すまないレイテ嬢、『大仮装祭』とはなんだ？」

「え、えぇ!?　このハンガリア領で昔からやってきたお祭りよ!?」

領地の開墾当初から行われてきた催しである。ここ数年は他の土地からも観光客がやってきたりして、かなり有名になってきてたはずだ。

そうでなくても王子ならば聞いたことくらいあるだろうに。

「ア、アナタ第一王子よね？　次期国王様だったのよね……!?」

いつかすべての領地を取り仕切ることになるんだから、どの土地でどんな催しがあるかくらいは教育されてるはずよね？

なのに……！

「なんで知らないのよ。まさか辺境のコトなんて覚える価値もないってわけ!?」

「いや違う」

「じゃあなんでよッ⁉」

レイテちゃんキレてるわよこの野郎⁉

領地をマイナー田舎だとディスられてマジでぷりぷりよぷりぷり⁉

「このヴァイスくん野郎！　わたしが納得する言いわけを述べなさいッ！」

「あぁわかった。そもそも俺はな、すべての領地の情報を知らないんだ」

……は？

すべて……しゅべて？

「えっ、ちょ、すべてって、え？」

「王族として各地の特徴や催しは習ったのだがな。だが俺の脳みそは吸い込みが悪い上、剣を二十時間も振るっていると意識も記憶も飛んでしまうんだ」

「ってアンタもう修行やめろバカ！！」

特訓気絶部ぅーーー！

この王子様ってば爆発剣術ができるようになった代わりに、ちょっと脳細胞までエクスプロージョンしてるじゃないの！

「今はさすがにしてないぞ。キミの側にいなければならないからな」

「あぁ、それは安心したわ……」

「だがキミが寝てる間には鍛錬してるぞ」

「ちゃんと寝ろッッッ！」

ヴァイスくんってばほぼ一日中わたしとピッタリなんだから、つまりほとんど寝てないってことじゃないの……！

「な、なんて哀しいヴァイスくん……！」

人は強さを手に入れるために、ここまで人を捨てなきゃ駄目なのね。なんかわたし、こんなくだらない場面で『強くなることへの無情さ』を悟ってしまったわ。

何わたしの人格を育ててるのよ。

「それで『大仮装祭』とはなんだ？　頑張って覚えよう」

「えぇそうして頂戴……。あと話し終えたら一緒にお昼寝しましょうね」

そう前置きしつつ（※なぜかヴァイスくんのギフト『天楼雪極』がいきなり大発光して側にいた執事の目を潰してるがもう気にしない）、わたしは件の祭りについて説明する。

「『大仮装祭』っていうのは言葉の通り、みんなでいろんな格好をして楽しむ祭りよ。思い思いの服装で、午前零時まで飲んで騒ぐの」

「ふむ」

「元々は、ハンガリア領の初代領主の逸話にちなんで開かれた祭りとされているわ。わたしのご先祖様は自ら兵団を率いて魔物と戦う武闘派だったらしいんだけどね、ある日『魔の森』で魔物の大軍勢に襲われて、味方が全滅しちゃうのよ」

「……ふむ」

「で、ここからが面白いのよ！　唯一生き残ったご先祖様だけど、場所はまさに敵地。完全アウェーな状況なわけ。そこでご先祖様は、偶然見かけた豚鬼（トロール）の死体の皮を被って、魔物のフリをしたってわけ！　それで無事に森から脱出したらしいのよね～」

「…………ふむ」

「そんなわけで魔物の仮装をするところから『大仮装祭』ってのが始まって、二百年経（た）った今では〝どんな格好をしてもいい〟ってゆるゆるな風潮になったわけ」

まぁわたしも堅物（カタブツ）な性格じゃないし、おどろおどろしい格好より可愛くて華やかな衣装を見て楽しみたいからね。みんな好きにするがいいわ。

「はい『大仮装祭』の説明おわり。ヴァイスくん、ちゃんと覚えられた？」

「……あぁ。他ならぬ、キミの、言葉だからな、頑張って、覚えたさ。頭から、今にも、零れそうだが、俺は耐えるぞ……！」

……必死な顔をするヴァイスくん。

なんか耳の穴とか押さえてるし、それほど全力で脳に留めようとしてくれているのだろう。

いや、そこまで必死にならなきゃ覚えれない情報量だったかなって思うけどね。

「ヴァイスくん、やっぱり後でゆっくりと寝ましょうね……？　寝付くまで側にいて背中とんとんしてあげるから、どうか脳みそを休めて頂戴……！」

あまりにも哀れだったのでそう言うと、ヴァイスくんは「助かる」と無表情で言いながらさらに発光した。眩（まぶ）しいからそれやめてほしい。

あと、

「――うぐぅぅ、目がぁぁ……！　あと脳みそも壊れるように痛いぃ……！」

お嬢様をママにされた～～と寝言をほざきながら転がっている変態執事のほうを見る。

こっちもこっちで生理的に哀れだなぁと考えつつ、そういえばと思い出した。

このアシュレイを拾ったのも、『大仮装祭』の日だったわね。

幕間　王子と執事の夜

「駄目だ、眠れん……」

その日の夜。ヴァイス・ストレインは床を抜けて屋敷の中庭に向かおうとしていた。

理由はもちろん鍛錬である。

「体力が……体力が有り余ってしまう……！」

もはや完全に末期である。

長年の間ショートスリープ（※ほぼ気絶）で睡眠を済ませてきたこの王子。レイテに〝夜はちゃんと大人しく寝なさい！〟と子供並みの説教を受けたものの、肉体がそれを拒否していた。

「くっ……。全身火傷を負っていた時は、ほぼ一日中眠れたのだが……」

それはただの昏睡である。

「うぅむ。眠るとは難しい行為なのだなぁ……」

などと赤ちゃんレベルの悩みをぼやきつつ、使用人用の居住階層を抜けていくヴァイス。

今いる建物は屋敷と繋がる形で設けられた洋館であり、ヴァイスのように日々屋敷で働く者たちのために作られたものだった。

なお今のような夜更けに、使用人たちの住まう部屋の横を通ると、

『あぁレイテ様……！　本日も無事に一日を終えられたことを、アナタ様に感謝しますぅうううう……！』

『スゥーハァーッスゥーハァーッ！！！　肺活量を上げることでレイテ様の吐息を直接吸えるようになるわよォッ！　愛の呼吸ッッッ！』

『朝起きたらレイテ様の枕になってますように朝起きたらレイテ様の枕になってますように朝起きたらレイテ様の枕になってますように！！！』

……恐怖である。

一日の締めに『レイテ様レイテ様』と主人を想う使用人たち。

彼らにはそれぞれ劇的に、かの少女に救われた思い出があり、その忠誠心たるや〝王の首を獲ってこい〟と命じられたらノータイムで国家転覆者に転職するほど極まっていた。

端的に言って狂気である。

「ふむ、レイテ嬢はとても慕われているのだなぁ」

なお天然王子は「いいことだ」と思うだけで済ませている模様。終わっている。

「さて、軽く四時間ほど剣を振れば眠気もくるだろうか……」

そんなトンキチ発言をしつつ、ヴァイスが中庭に出た時だ。

そこにはすでに先客がいた。

「――フッ、ハァッ！」

鮮やかな拳撃を繰り出す燕尾服の男。

夜空から射す月光で、眼鏡をきらめかせた彼こそは、

「修行中か、アシュレイ」

「む、ヴァイスか」

傭兵結社『地獄狼』が元幹部、アシュレイ。

今はレイテの執事であり、先日はハニワだった男である。

「貴様、レイテお嬢様にしっかり寝ろと言われただろうが。命令違反だぞ」

「申しわけない。だが鍛錬を怠ることに身体が慣れていなくてな。少しばかり剣を振るってから寝るつもりなのだが……」

「知るか！　お嬢様のお言葉に逆らうことは万死に値するぞ……ッ！」

偏狂的な闘気を出し始めるアシュレイ。そのまま拳を王子に向けようとするが、

「それに、少しでも修行して強くなりたいんだ。レイテ嬢を守るためにな」

「ならよしッ！」

ならよしだった。

とにかくレイテ至上主義な男である。相手がレイテのことを想って行動しているのであれば、この眼鏡は笑顔で受け入れる所存なのだ。

「フッ、国家最強の王子が護衛とは頼もしいじゃないか。貴様のことは気に入らないが、その強さだけは認めているぞ」

「ありがとう。お前ほどの男に認められてとても嬉しい。これからもどうか仲良くしてくれ」

「む……相変わらずバカ真面目な言動をする男だな……」

それでは為政者は務められまいとぼやくアシュレイ。

だが、口元には小さな笑みが浮かんでいた。

「戦闘面では『氷の王子』たる貴様がいて、技術面では『学術界の怪物』と呼ばれたドクター・ラインハートがいる。レイテお嬢様の周囲も、いよいよ盤石(ばんじゃく)となってきたな」

「ああ、それに元『五大狼』のアシュレイがいるしな」

「っ……私はお前たちより格落ちするだろう。強さの面では貴様に及ばず、技術のほうもそれなりの給仕ができるだけだ。特殊技能など何もない」

吐き捨てるように言う執事だが、ヴァイスはそれにピンときていない表情だ。

そして事もなげに言葉を返す。

「意味が分からないな。お前は誰より素晴らしいだろうが」

「ぬ⁉」

「俺が一切手を抜けないほどの強さを持つ上、瀟洒で素晴らしい持て成しでレイテ嬢を満足させられる技術がある。そんな男が何を言ってるんだ?」

「ぬぬぬっ⁉」

これにはアシュレイもたじろいだ。

ヴァイス・ストレインは不器用で不愛想な男である。

されど人格の善良性と誠実さだけは、誰よりも何よりも群を抜いていた。

偏狂的な面のあるアシュレイのことも嫌わず、むしろ人としての素晴らしさに着目しているほどだ。

「アシュレイ、俺はお前を尊敬している」

「⁉」

「友になりたいと切に願う」

「!?!?」

「自らの意思で悪辣な傭兵団から抜け出したという決意。レイテ嬢に身も心も捧げんとする忠義。そして、そんな彼女と別れることになってでも、彼女の平和を案じて去り行こうとしていた漢気。そんなお前のすべてに対して敬服するばかりだ」

「!?!?!?」

「これからもよろしく頼むぞ、アシュレイ」

――輝くような誠意の連打。氷の王子の熱い信頼に打ちのめされて、もはやアシュレイはたじたじである。

「お、おまッ、そんな恥ずかしい発言の数々を、よくもスラスラと……!」

「恥ずかしい? 尊敬すべき友を称賛することの、一体何が恥ずかしいというのだ?」

「っ~~~~~!?!?!?」

これにはもう堪らない。アシュレイは半ばブチ切れるように、

「なッ、何を考えてるんだ貴様は! お嬢様でなく私を攻略してどうするつもりだッ!?」

と叫ぶのだった。

なお王子、まったくわけが分からない模様。

「ん? 特に俺は何も考えてないが? ただ思っていることを言っているだけだが」

「おま……はぁ、もういい」

諦めたように肩を落とすアシュレイ。

ああ、この王子のなんととんでもないことか。

誠実で、強くて、そのくせどこか放置できない天然さもある。

これには騎士や兵士たちもガッツリ心を掴まれるわけだと、執事はヴァイスの人たらしっぷりを見抜くのだった。

「……貴様は、『地獄狼』のザクス・ロアとは真逆のタイプだな。あの人は邪知と恐怖と演技でヒトを惹きつける手合いだ」

「ふむ、俺にはどれも無理そうだな」

「不器用だもんなぁ貴様は。……その点、貴様はレイテお嬢様と似た性質(タチ)か」

夜空を見上げながら、アシュレイは最愛の少女について思い起こす。

「六年も前になるか。ちょうど『大仮装祭』の時に、私はこの地に逃げてきてな」

「ほう？」

執事は語る。

あの頃のハンガリア領は、今とはまるで違っていたと。

「余裕がないというのかな。住民の数も笑顔も少なく、仮装している者もまばらだった。まぁ当然だろうと思ったがな」

「なぜだ？」

「この地が『辺境』だからだよ。国土の最外縁であり、日夜『未開領域』より迫りくる魔物を撃退せねばならんからな」

そう。本来ならば今のように人と笑顔で溢れているほうがおかしいのだ。

辺境とは危険な場所。仲間や家族の戦死が当たり前で、時には街に侵入した魔物に女子供が喰い殺されることもある。

そんな場所で気楽に祭りなどやっていられるか。

「その上、領主夫妻がその年に事故死。結果、当時まだ十歳だったレイテお嬢様が領主の座を引き継ぐことになったのだ。民衆たちはそれはもう失望していたことだろう」

危険な地の上、指導者も未熟ときた。泣きっ面に蜂とはこのことだ。

「そうだったのか……。人々はよく逃げ出さなかったな？」

「逃げ出さなかったのではなく〝逃げられない〟のだよ。……辺境は古来より『隔離の地』ともされてきた。奇病を患(わずら)った者や刑務を終えた元罪人、それに思想や信仰がおかしいと判断された者など……そうした者たちは、国から顔を記録されて辺境に押し込まれたのだ」

「……知らなかった。知るべきだったな」

「今度教えてやるさ。——そんな場所ゆえ、別の領地で何かをやらかして逃げてきた者も多いというわけだ」

要するにみんな行き場がないのだと、アシュレイは自嘲気味に語った。

なぜなら彼自身もそうなのだから。

「私は元々貧民街(スラム)生まれで親もない。そこで暴力だけを頼りに生きているうちに、いつしか暴力の快楽に酔うようになってしまった。それで『地獄狼』に入ったわけだな。〝悪人の俺にはちょうどよさそうだ〟と」

だが、

「彼らの行いは……あまりにも残忍過ぎた。どうにかして私も楽しもうとしたが、駄目だったよ。一体どうして、無抵抗の女子供を、笑顔で力いっぱい殴り殺すことができようか」

「そんなのは無理だ」

「あぁ無理だ。……だが、ソレができる連中の集まりこそ、傭兵結社『地獄狼』だったというわけだ」

結局そこで、アシュレイは自分が『小悪党』に過ぎなかったことを思い知った。

「されど、そんな時に『ギフト』に目覚めてしまってなぁ。しかもそれが〝異能殺しの異能〟ときた。当然、組織から持て囃されたよ」

――ギフトとは、魔物に苦しむ人類を救うべく『女神アリスフィア』が百人の戦士たちに与えた力とされている。

百人の戦士は異能を振るい、見事に人類の生息圏を広めてみせた。

そんな彼らは当然ながら貴族や王族に任じられ、結果的にその子孫たる『貴き血族』ほどギフトが発現しやすいものとされている。

「アシュレイ、ギフトに目覚めたということは、お前の出自は……」

「貴族なのだろうなぁ。侍女か娼婦の間に生まれた不義の子、といったところだろう」

まったく迷惑な話だと肩をすくめる執事。

おかげで貧民街に捨てられた上、ギフトに目覚めたことでとても面倒なことになってしまった。

「私の異能は、敵軍の切り札たる異能力者を葬るのにすこぶる有用だ。そのためザクス・ロアに――ザクスさんにとても可愛がられることになってな。金払いが最高にいいこともあって、貧民街生まれの貧乏性な私は何年もそこで働いてしまったよ」

結果、アシュレイは組織から逃げる決意ができなくなってしまった。

当然である。

貴重な異能者である時点で組織は彼を過剰なほどに大切に扱い、そして愛と欲に飢えた孤児にとっては、その好待遇は求めてやまないモノだったのだから。

「ザクスさんは巧かったよ。組織への嫌悪感が再燃するタイミングで、高い酒を持ちながら『一杯飲もうぜ！』と、兄か父親のように温かく接してきてなぁ……」

まるで、冷めた身体にぬるま湯をかけるが如く。

あるいは、復調せんとする病人に中毒性の高い薬を飲ませるが如く。

そうしてアシュレイは、ずるずると性分に合わない場所に留められ続け……唐突に限界が訪れた。

「だが、ザクスさんが私のような孤児を殺そうとしている姿を見て、いよいよカッとなれた。……あまりにも遅い反逆だったよ。私自身も、戦場で多くの命を奪ってきたというのに」

「それで、この領地に逃げてきたわけか」

「ああ。ザクスさんに半殺しにされた状態で、命からがらな」

そういえばと思って苦笑する。

目の前の王子とは、あの人に殺されかけた仲間だな、と。

「当然、この地の人間は死にかけの私を放置したよ。何せ彼らにも余裕がない上、当時の私は絵に描いたような悪人ヅラをしていたからな。〝近づいてトラブルに巻き込まれるのは御免だ〟と、誰もが見ないフリをしたさ」

そうして日陰に横たわり、静かに力尽きようとしていたアシュレイ。

「まるで、貧民街時代に戻ったようだった。弱ってようが傷付いてようが、誰もが私（オレ）に目もくれず、足早に目の前を去っていくんだ。……とても悲しくてつらかったよ」

一体自分の人生はなんだったのか。

無駄に殺して無駄に逃げて、最期は無意味に死にゆくのか。

そうして虚（むな）しい絶望の中、夕闇が墜ちてもなお誰にも救われることはなく、時刻は午前零時を迎えた。

街に響く大時計の鐘の音。

一日の終わりにして『大仮装祭』の終幕であり——同時に、アシュレイの命が尽きようとした瞬間だった。

「そうして、私が瞼（まぶた）を閉ざそうとした時だ」

灰色の人生を終えようとしていた男の元に、

「『悪の女王』が、現れたのだ」

口元に浮かぶ誇らしき笑み。

アシュレイは王子に恥じらいもなく言い放つ。

自分は、かの女王に——レイテ・ハンガリアに出会うために生まれてきたのだと。

「そうか、そこでレイテ嬢がやってきたのか」

「ああ。……ただし、当時の彼女は今とは少し違っていたな。今では当たり前に着こなしている『悪女の衣装（ゴシックドレス）』も、まったく着慣れていない様子だった」

「どういうことだ？」

「悪女始めたてというわけだ」

アシュレイは語る。

あの時のレイテは、まったく堂々としていなかったと。

むしろ凶悪な顔付きをした自分に、臆して震えている有様だったと。

「なんだこいつはと思いつつ、〝ガキが近寄るな〟と言ってやったさ。……子供に死体を見せたくなかったからな。鋭く睨みつけてやったよ」

しかし、

「その子供は、半泣きになりながら歩み寄ってきた。いくら喚（わめ）いても無駄だった。去れ、消えろと私が言うたびにビクついたが、それだけだ。ついに彼女は私の前までやってきた」

そして――、

「彼女は言った。『この領地の人たちの命はすべて、悪の女王たるレイテ様のモノよ。わたしの許しなく死ぬんじゃないわ』――とな。あぁまったく、ぽかんとしてしまったよ。おまけに血濡（ぬ）れることも厭（いと）わず、わたしの手当てまで始めてな！」

当時を振り返ってクスクスと笑う。

この子供は一体なんなんだと思った。それと同時に、

「こんな優しい『悪』が、この世にあるわけないだろうと爆笑したさ。しかし彼女は真剣な顔で『わたしは優しくないわ！　めちゃくちゃ悪よ！』と吠えてな。そんな少女に笑っているうちに意識が落ち——気付いたら屋敷で寝かされていた。そして側には、ずっと私（オレ）を診てくれていたらしい幼い彼女が寝ていたよ」

ああ、あの瞬間だった。

すべてはあの寝顔を見た時なのだと、アシュレイは告白する。

「とても彼女が、愛（いと）おしいと思った」

それが新しい人生の始まりだった。

「私は、なぜか悪党を名乗るこの少女を、ずっと見ていたいと想った。それからはもうゾッコンだ。彼女が領主と知るや即座に就職を希望し、執事（いま）に至るというわけだ」

「なるほどな」

王子は短く一言頷く。

反応こそ乏しい彼女だが、内面はむしろ逆だ。

「よかったな、アシュレイ。それと同時に少し妬（ねた）ましい」

胸に溢れるのは救われた友への祝福。

それと同時に、ヴァイスには珍しい嫉妬の念だった。

「俺の知らないレイテ嬢を六年間も見てきたとはな」

「ふははっ、そうだろう羨ましいだろう！　あぁ、それからレイテお嬢様の活躍は目覚ましくてなぁ、日に日に領地を活性化させていってなぁ……ッ！」

ヴァイスの妬ましいという言葉に、アシュレイのほうは嬉しげである。

最近は最愛のレイテを独占され、何かと脳を痛めてきた彼である。

これ見よがしに『お嬢様とのヒストリー』を語ってマウントを取らんとするのだった。

「さてこのまま『【驚愕】レイテお嬢様、散歩中に聖神馬(ユニコーン)を見つけて角をもらう編【さすレイ！】』を語ってもいいのだが、あいにく夜も遅いのでな。貴様もそろそろ眠いのではないか？」

「いや、むしろレイテ嬢の話を聞きたくて目が冴(さ)えているほどだ」

「そーだろうそーだろう！　あぁだが、これ以上お嬢様との珠玉(しゅぎょく)の思い出を語るのはな～？　さてどうするべきかな～？」

ニチャニチャと気持ち悪い笑みを浮かべるアシュレイ。

決して善良ではない彼である。ヴァイス王子が嫉妬に狂う様を期待していた。

だが、

「ぜひとも教えてほしいところだ。話が気になって眠れないのもあるが、昼間にも少し寝させてもらったせいか、妙に身体が昂り続けている」

「ん……？　寝させて、もらった……？」

妙な言い方が引っかかる。

そんなアシュレイに対し、ヴァイスは真顔で事もなげに――、

「ああ、実はレイテ嬢にお腹を撫でられながら、『膝枕』までしてもらったんだ」

「ってなんだとォおおおおおおおおおおおおおおおおーーーーーーー!?!?!?!?」

瞬間、一気に壊れる執事の脳みそ……！

マウントの天秤は一瞬でアシュレイを地に堕とし、彼は地べたにぶっ倒れるのだった。

「まぁ六年も共にいるアシュレイなら経験済みだろうが」

「ねーよボケェエエッ!?」

なお、追撃まで受ける模様。

そうして血の涙を流す執事に、氷の王子はきょとんとした顔をするのだった。

第9話　オッサンに攫（さら）われたわよ～～～～～！

はてさて始まった『大仮装祭』の準備期間。

領主であるレイテ様は、屋台の開設や公道の使用申請やらの書類にひたすらポンポン判を押さなきゃなんだけど……、

「――ヒッヒッヒ！　それではレイテくん、楽しい『実験』を始めようかァ……！」

わたしは変なおっさんに連れられて、『魔の森』に来ていた。

いやなんでよ。

◆◇◆

事の始まりはお昼のこと。

わたしは屋敷の庭園にて、魔物焼肉を楽しんでいた。

「ん～っ、豚鬼（トロール）のお肉いけるじゃない！　普通の豚肉よりとろふわねぇ！」

レイテ様は悪党だからお肉全般が大好きなのだ。そんなわたしを唸（うな）らせるとは、やるじゃないの豚鬼。

脂肪の甘みがちょうやみーだわ。ウメッ、ウメッ。

「魔物肉か……。すまないが、本当に食べてもいいのだろうか？」

と、怪訝（けげん）な声色をしているのは同席しているヴァイスくんである。何よ何よ。

「人が食べてるものにケチつけるのは禁止悪役カードよ。悪過ぎるから会話デッキから抜きなさい」

「す、すまない」

わかればよろしい。

会話初心者なヴァイスくんは、ストラクチャーデッキ【今日はいい天気ですね】でも使うことね。

太陽を起点に展開していくデッキよ。

雨の日は無能だけど。

「そういえば王都じゃ〝魔物に触れると魂が汚れる〟って迷信があるんだっけ？　ヴァイスくんも信じてるわけ？」

「いや違う。ただ、魔物とは人食いの存在だろう？　それを食べるというのは……間接的に……」

「あーそういうこと」

ヴァイスくんの言いたいことがわかった。

魔物。それはヒトに仇成す存在。

一般的な動物と比べて必要以上に暴力的な機能を有する上、なぜか人間を率先して襲う特徴があるのだ。

それゆえ『女神アリスフィア教典』においても、〝闇の神アラムが作りし人類の捕食者〟と定義されている。

「そいつらを食べることは、間接的に人食いになるんじゃってことね」

そりゃ食べるのを躊躇うか。

「ヴァイスくんの気持ちはわかったわ。心理的に嫌だし、あと一度でも人食いをした魔物は肉質が固く臭くなって食べられるものじゃなくなるそうだしね」

「そうなのか？」

「うん。『進化』ってヤツかしら？　人食いを続けた鬼が大鬼に変異するように、魔物たちはヒトを食べるごとに遺伝子が変化していくんだって」

だけど。

「その点コレは大丈夫よ。いま食べているお肉は、成熟するまで一度も人間を食べてない豚鬼のお肉なのよ。そういう豚鬼は普通の豚さんと同じく虫や植物で食欲を満たしてきたから、味も普通に美味(おい)しいってわけ」

「そうなのかぁ」

はい講義終わり。というわけでヴァイスくんも遠慮なく食べましょ。

脂身がパリッとなるまで焼いて～～～ハイここでサッと取って東国から取り寄せた『ワサビショーユ』につける！

そしてホカホカなライスの上に載せて一気にかきこむと――――ッ！

「ンアアアアアア！！！　おいひぃいいいいいい～～～～～！！！」

ハフハフウメウメッ！　ん～ジューシー最高！！！

「うひひひひ、お肉っていいわよね。美味しいし、食べた瞬間その生物に『勝った』と思えて極悪だわ」

「その食レポはどうかと思うが、レイテ嬢は本当に美味しそうに食べるな。……よし、俺も食べてみるか」

ヴァイスくんも恐る恐る焼けたお肉を一枚取って口に運ぶ。

すると、「！　うまい……！」と珍しく弾んだ声が。うんうんいっぱい食べなさい。

「これはいいな。魔物食が流行れば、食料供給の安定化にも繋がりそうだ」

「でしょう？　まぁこんな豚鬼が味わえるのはウチの領地くらいなんだけどね。ここ数年は兵団がすごく頑張ってくれてるから、ヒトの死体さえ漁れない魔物が増えてるんだって」

「ほほう。それではこの豚鬼肉は、兵団が取って来てくれたのか？」

「ううん、今まで語った説明文付きでドクター・ラインハートが送ってきた」

瞬間、ヴァイスくんはガタンッと立ち上がった。

そしてわたしの後ろに回り、お腹のところから持ち上げてきた！

何をするー!?

「レイテ嬢ッ、今すぐ肉を吐き出すんだ！　あの男は信用ならんッ！」

「ちょぉっ、揺さぶらないでって!?　ぐえー!?」

ヴァイスくんの熱くて逞しい腕が腹部に食い込む。

そして皮膚と腹膜を通し、その奥の内臓をズンッズンッと何度も突き上げてきて……！

「おぎゃぁあああ!?」

で、出ちゃう！　マジでいろいろ出ちゃうから！

乙女としてヴァイスくんに一生償ってもらわなきゃいけない事態になるから〜!?

「えーんアシュレイ助けてー－－－！！！」

「アイツはトイレだ！」

「肝心な時に使えないわねッッッ⁉」

休日はわたしの残り香クンクン散歩してるくせに、あの反社眼鏡短小ハニワ野郎はチクショウッ！

「お、おえっぷッ……！　も、もう、限界……！　豚鬼産んじゃう～……！」

そうしてわたしがいろいろ終わろうとした時だ。

不意に、「落ち着きたまえヴァイス王子」と彼を止める者がいた。

その人物とは、

「むっ、貴様は――ドクター・ラインハート！」

「やァ私だよ」

ヴァイスくんの凶行を止めたのは、肉の送り主なロン毛オッサンだった。

いやなに人の敷地に勝手に入ってきてるのよ、とツッコみたいけどその前に……、

「ヴァイスくん、下ろして～……！」

「あっ、す、すまない！」

椅子にそっと下ろされる。

瞬間わたしをグラスの水をグビグビ飲み、どうにか産まれかけていた豚鬼を鎮めるのだった。

ふぅ、助かったわ……！

「会話は大体聞いていたヨ。どうやら王子は、私の贈り物の安全性を訝しんでいるみたいだネェ」

「当たり前だ。死体蘇生など敢行した挙句暴走させたような男、信用できるわけがない。それでこの肉は大丈夫なのか？」

「いやわからないネ。それを知るための実験体が彼女だ」

「殺す」

眼にも止まらぬ速さで剣の柄が握られる。ヴァイスくんはそのままドクターを――ってちょっと待ってストップー！

「ヴァイスくん、違うから！　違わないけど違うから！」

「どういうことだ？」

「あ、あのね、別にドクターは勝手にわたしを実験体にしたんじゃなくて、わたしから志願したのよ……！」

「むむむ……ッ⁉」

驚きの表情をするヴァイスくん。

ま、まぁヘンテコな話よね。ドクター、説明頼んだわ。

「いやァ実はネ、魔物肉の食用化はレイテくんからの提案なんだ。『魔物って殺して終わりじゃ生産性がなくない？　こいつら食べたりできないの？』と言われてネ」

はい、言い出しっぺはわたしです。

「いや目から鱗（うろこ）だったヨぉ。魔物特有の部位については採取して加工利用するなり考えていたが、大部分を占める脂肪部を食用とし消費しようとは――」

「ドクター、余談が長い。そういうのはいいから」

「こりゃ失敬。まぁそんなわけで付近の魔物の肉質を調査した結果、この地の豚鬼は食用に適しているとわかったわけだヨ。それでマウスや犬にも食べさせてアレルギー反応も出ないとわかったんだが……」

ドクターはヨヨヨと語る。「人間の実験体を募集したんだが、誰も応募してくれなくてネェ」と。

「だがそこで、レイテくんが『じゃあわたしが食べるわ』と言ってくれてネ。それで豚鬼霜降りセットをお送りしたわけだよ」

「……なるほど。貴殿に悪意がないと分かった、陳謝しよう」

しかし、と。

ヴァイスくんはちらりとわたしのほうを見てきた。何よ何よ!?

「レイテ嬢……。キミは領主という替えの利かない立場だろう? それが安全性のわからないモノを食べるのはどうかと……」

うぐ!?

「それは……だってわたし、お肉大好きだし……!」

あと、あれだ。

「……それに腹立つじゃないの。いつまでも魔物に人類が怯えてるとかさ。だからわたしが悪党として、魔物を食べれるようにして『勝利』してやろうと思ったのよッ!」

そう訴えると、ヴァイスくんは「ふむ……」と神妙な顔で頷いた。

「それは、ありかもしれないな。魔物が恐れられている原因は、聖書においても彼らが『捕食者』と定義づけられているためだ。だがその価値観を破壊すれば、勇気を出して魔に挑まんとする戦士が増えるかもしれない。人々の戦意も高まるだろう」

「でしょー!?」

「だが、やはり無茶は禁物だぞレイテ嬢。……キミに何かあったら心配だからな」

うぐ……!?　そう言われると反論できない。

普段は天然でボヤボヤなのに、戦闘とか人の心配する時は真剣なのねぇこの人……。

「はぁ、わかったわよヴァイスくん。心配してくれてありがとうね？　悪の右腕にしてあげるわ」

「それは遠慮しておく」

「なんでよ!?」


——そんなやりとりをしていた時だ。

ドクターが「仲いいネェ」とニヤつきながら、何やら進言してきた。

「さてレイテくん。実はキミにお願いがあるんだ」

「お願い？」

何よもったいぶって。

「追加のお小遣いが欲しいなら、わたしの肩でも叩きなさい」

「キミは私の母親かネ。研究費用なら十分もらってるから、そうでなく」

じゃあ何よ？

「キミの〝魔物の身体を余さず使いたい〟という思想が気に入ってネェ。そこでかねてより着目していた『魔晶石』を研究しようと思うんだ」

「魔晶石？」

首を捻るわたしに、ドクターが指をピンと立てて説明を開始する。

無駄に白くて長い指ねぇ。ピアノとかやってた？

「魔晶石とは、魔物が体内に有する謎の結晶さ」

「へー」

「学会では長年〝魔物特有の尿路結石か何かだろ〟と思われてきたが、実はコレに関してある噂を聞いたんだ。なんでも、とある剣士が魔物のまったく急所でもない部分を切ったら一撃で死んでしまったとか。剣士は首を捻りつつ、斬った部分を見てみると……」

「……割れた結晶があったとか？」

「そう正解ッッッ！」

うるさ⁉

「元より私は魔物の生態に疑問を抱いていたのだよ。連中は異様な巨体や攻撃器官を有しているが、その割に『摂取カロリー』が低過ぎるんだ。人間以外の血肉に興味を示さず、草食動物程度の草しか食べないわけでネ。これはおかしいと」

「話が長いわね。つまりどういうことよ？」

「能力者が『ギフト』という力を神に与えられているように、魔物も『魔晶石』を中核として誰かからエネルギーを注がれているんじゃないか、ということサ」

……ふむなるほど。ドクターの説明に納得がいった。

たしかに人間のヴァイスくんとかだって、爆発剣術で災害じみた真似ができるのに、食べるご飯（カロリー）の量は普通だしね。

すべては女神アリスフィア様がくれたギフトのおかげだ。

そんなふうに魔物のほうも、どこか別ルートからエネルギーを仕入れているわけか。

「たしか……神話ではあれよね？　魔物を作ったのは『闇の神アラム』とかいうのらしいから、そいつからもらってるのかしら？」

「かもしれないネ。『女神アリスフィア』と同じく、所在と生態をぜひ知りたいところだ。

――さて話は逸れたが」

ドクターは腰を折り、垂れた前髪の奥の瞳でこちらをジッと見つめてきた。

「キミにお願いしたいこととは、『魔晶石』採取への協力サ」

「……は？　なんでわたしに？」

戦闘力カブトムシのわたしに、採取依頼ぃ？　何それどゆこと？

「いやぁ実はネ。魔晶石の位置は、各個体ごとにバラバラみたいなんだよ。しかも魔物を先に殺してしまうと、どうやら体内に溶けてしまう始末。だからこそ採取がゲキムズなんだが～……そこでッ！」

ズビシッ！　と、彼はわたしの両目を指してきた！　こわい！

「キミのギフト『女王の鏡眼』の出番ってわけだヨ！　対象の弱い部分(きゅうしょ)まで見抜けるキミの瞳なら、魔晶石の位置もずばりわかるんじゃないかとネ！」

おぉなるほど！

「魔晶石はエネルギーの塊(かたまり)。もし無事に取り出せて研究利用できたら、領地が爆発的に発展しちゃうかもダヨ～!?」

「それはワクワクするわねぇ！　よしわかったわ、喜んで協力を――」

と言ったところで、わたしはハッと気付いた。

あれ、つまりわたしって、生きた魔物の前まで出向かなくちゃいけないんじゃゃって。

それはちょっと危険なんじゃ……！

「あの、ドクター」

「よォし許可は取れたッ！　じゃあ爆速で研究開始だァアアアーーーーーーッ！」

オッサンはそう叫ぶと、わたしを脇に持ち上げて、そのまま『魔の森』方面に爆走を開始した――！

「ウォオオオオオテンション上がってきたヨぉーーーーーーーー！！」

ってなんか景色が超速で過ぎていくんですけどォッ!?

オッサン速ぁーーーー!?

◆
◇
◆

「――今思えば『蘇生実験』が失敗したのは魔物の死体に『魔晶石』が足りてなかったからだと思うんだよネェ。アレをエネルギー源としてのみ仮定するなら、砕かれた瞬間に死亡するのはおかしいだろう？　飢餓状態になったとしても死亡するまでは猶予があるはずだろうに。つまり魔晶石にこそ『魂』と呼ぶべき非物質的概念が宿っているんじゃないかと私は推測してだネェ」

……。

「ネェじゃないわよぉ……！」

相変わらずマイペースなオッサンにつっこみつつ、わたしは草の地面にへたり込んだ

ドクター・ラインハートに拉致された後のこと。ついた場所は『魔の森』だった。

しかも入り口付近とかじゃなくガッツリ中まで食い込んだあたりだ。

当然、周囲の木陰からは『ギィーッ！　ギィーッ！』とこちらを威嚇する魔物の鳴き声が……！

「え〜んこわいよぉー！　おうち帰してよー！」

「安心したまえ、キミのことは私が守る」

「って無駄にいいセリフ言うな馬鹿ぁッ！　そもそもアンタが連れてきたんでしょうが!?」

立ち上がっておっさんの無駄に長い足を蹴ってやる！

おら死ねッ、極悪令嬢キック！　ってうぎゃー痛い！　無駄におっさんの足硬いよ〜!?

「びえええええええーーーーーん！　な゛ん゛な゛の゛ゴ゛イ゛ヅ゛ゥ゛ゥゥうううう！！？」

「アッハッハッハ！　レイテくんは元気だネェ〜！　見てて飽きないよ！」

「うるさいアホ！　いやホントアンタなんなのよ、わたし抱えながら爆速ダッシュできたりして何よその身体能力⁉　実は強いの⁉」

「さてどうだろうネェ。まぁ私は天才であるがゆえ、凡人よりはそこそこ闘えるつもりだが──」

瞬間、ドクターは懐からメスを取り出した。

それを背後へと振りかぶるや、ガキィィンッという金属音が鳴り響く──！

「この王子には、敵わんネェ」

「ラインハート……ッ！」

そこにいたのは、ドクターへと剣を叩きつけたヴァイスくんだった……！

白貌を染め上げる怒りの真紅。殺意に血走る片目の金眼。

さらに全身からは吹雪の如く蒼白の光が溢れており──要するに完全に本気でブチ切れていた！

「またレイテ嬢を危険に巻き込んでくれたな……！」

激情を身体能力に変える異能『天楼雪極』。その輝きがさらに強まる。

「ウヒヒッ……さすがにこれはヤバいネェ……！」

「ほざけ！」

そうしていよいよ、鍔迫り合いするドクターを真っ二つにせんとしたところで――、

「す、ストーップ！　そこまでだよヴァイスくん！」

ハッとしたわたしは、急いで彼を止めに入った。

羽交い絞めにしたいけど背が足りないから腰に抱き着く！

「っ、レイテ嬢……⁉」

「ヴァイスくん止まって〜……って、なんでさらに放射光ビカビカしてるのぉ⁉」

マジでドクター死んじゃうからぁ⁉

そう思ってさらに強く抱き着くと、光がもっと強くなった！

なにゆえー⁉

「レレレ、レイテくーん、私を想うなら王子から離れてくれるかなァ……？　キミが引っ付いてると、彼の『天楼雪極』がさらに激しくなっちゃうからネ……！」

「えぇ〜⁉」

なんでよと思いつつ、とりあえず言われた通りに離れる。

すると本当にヴァイスくんの光は収まっていった。えええええ……？

「俺は冷静になった」

「よ、よくわからないけどよかったわ。じゃあドクターから剣を引きましょう？」

「いや冷静に考えてこいつは殺すべきだろう」

冷静に殺そうとしてる⁉

いやいやたしかにドクターは酷いことしたけど、でもストップストップ！

「ヴァイスくん。怒ってくれるのは嬉しいけど、でもちょっと待って。たしかに無理やりこんなところに連れてこられたけど、ドクターの『魔晶石』研究に興味があるのは事実だから……！」

わたしは極悪令嬢だからね。

民の税金で美味しいもの食べまくりたいし、綺麗な服とか作りたいし、家をおっきくしたいし漫画買いまくりたいわけよ。

でも税金をガッポガッポするには、仕方ないけど民衆どもを生活豊かにしてやらなきゃなわけ。

「ウチは日々魔物に襲われる辺境の領地だからね。他の領以上に稼げる『何か』がないとやっていけなくなるわけよ。んで、そこのロン毛オッサンはその何かを齎してくれる存在なのよ」

「……納得はできる意見だ。だがだからとて、キミを危険に巻き込んでいいわけがないだろう。いい加減に罰するべきだと思うが？」

「そ、それはまぁたしかに……」

ん〜といってもねぇ、いろいろと技術や知識を領地に広めてくれてる彼を投獄するわけにはいかないし。それに、

「ンッ、いよいよ罰せられちゃうのかい私？　ん〜キミがどんな罰を下すか興味深いネェ〜！」

本人はこの調子だ。

大抵の罰はヘラヘラと乗り切っちゃいそうだから、意味ないのよねぇ。

「それじゃあ……」

結局何も思いつかなかったわたしは、テキトーな罰を言い渡すことにした。

「次にわたしが嫌がることとしたら、わたし、アナタのこと嫌いになるわ」

「――」

つまり、実質無罪である。

これほど意味ない罪はないわね。性悪女のわたしに嫌われたって、大抵の人はどうでもいいと思うわよ。

特にこの人なんてどうせヘラヘラして終わりでしょうね。

そう思ったが、しかし。

「――すまない。今回はさすがに失礼が過ぎた」

って、ドクターがなんか真摯に謝ってきた!?　すごく綺麗に頭を下げてきた!?

えっ、この人にとってはわたしなんてどうでもいいでしょ……!?　〝なんかお金出してくれるヤツ〟くらいの扱いでしょ!?

……………あー、だからか。ドクターってば、財布の口を閉じられると思ったわけね。

だからこその謝罪って感じか。実際は何も反省してないでしょうけど、でまかせと殊勝な態度でこれまで通りお金が入るなら、そりゃ謝るわ。この人って効率主義な感じだもん。

「あードクター、別に研究費用減らしたりはしないから。ただ、アナタと一生口を利かなくなるくらいよ」

「!?」

子供みたいな罰よね。大人のドクターは別に何も思わないでしょ。

「それで二度と顔も合わせないようにするわ。ねぇ、ドクターにとってもわたしなんていくら危険な目に遭わせてもいい塵みたいな存在だろうし、そっちもそれでせいせいするでしょ？　あ、せっかくだし今からそうしたほうがいいかしら？　ねぇヴァイスくん？」

王子様にそう問うと、なぜか彼は顔を青くして、

「レッ……レイテ嬢！　彼もこうして反省していることだし、今回は大目に見てやらない

か……!?」

って、なんかヴァイスくんがドクターを庇い始めた!?　なんでよ!?

第10話　なんでも爆発ヴァイスくん!!!!!

「フ、フフフフ。まさか私に、あんな感情が残っていたとはネェ……。やはりレイテくんといると飽きないなぁ……」

「何ぶつくさ言ってるのよ。いくわよドクター」

ヴァイスくんと合流した後のこと。

私と王子様とドクターは、のそのそと『魔の森』を探索していた。

理由はもちろん『魔晶石』を回収するための魔物探しだ。別に中断したわけじゃないからね。

「今はヴァイスくんがいるから安心ね。アナタならどんな魔物が出てきてもやっつけてくれるでしょ？」

「もちろんだ」

ふんすと無表情のまま気合いを入れるヴァイスくん。

やっぱり彼がいると安心感がすごいわねぇ。

でも、

「しかし……魔物が一向に出てこないな。どうしてだ？」

そう。『魔の森』には多数の魔物が生息しているはずなのに、なぜか全然襲われないのだ。

しかも私とドクターの時はギィーギィーと遠巻きに吠えていたのに、それもない始末。

これじゃただの森林散歩だ。

「もしかしてだけどさ……魔物たち、ヴァイスくんにビビッてる？」

「そうだろうネェ」

わたしの予想に、ドクターも「無理もない」と同意した。

「何せそこの王子様は数日前、この森の地形を一部変えてしまった男だからネェ。冷静に考えて、破壊光ズバズバ放ってくる生物とか魔物でも嫌だろ」

「そりゃごもっとも」

『ギギィ……』

……なんか、周囲からも「同意」と言った感じの鳴き声が聞こえた気がする。

「ふむ」

と、そこで噂の爆発王子様が何やら考え込み始めた。何よ何よ？

「なぁレイテ嬢。この『魔の森』だが――滅ぼしてしまって構わんだろうか？」

「えぇッ!?」

『ギギィッ⁉』

瞬間、一気にざわつく周囲の森林。間違いなく魔物たちが驚愕していた。

「だってそうだろう？　魔物が多く住み付くこんな森があるから、キミの領地が危険に晒され続けるんじゃないか？　俺ならおそらく焦土にできるが」

「い、いやいやいや。気持ちはありがたいけど、でも駄目よ」

わたしはコホンッと咳払いをし、王子様に説明を始める。

「いいかしら？　もし魔物たちがこの森で発生してるっていうなら、別に滅ぼしても構わないわ」

『ギィーギィーッ⁉』

やめてくれーッ！　という必死な叫びが。えぇい話は途中だから黙ってなさい。

「けど違うのよ。すべての魔物たちは、未だ人類が踏み込んだことのない『未開領域』からやってくるわけ」

――『未開領域』。それは未だこの世界のほとんどを占めるという、魔物に溢れた大地のことだ。

「わたしたち人類は大昔から、少しずつ少しずつ輪を広げるように住める土地を増やして、やがて各地にいくつもの国を作ったとされているわ。ここまではヴァイスくんも知っているわよね？　常識だし」

「どうにか」

「どうにかかー」

　さすがは特訓気絶部……。

　一日二十時間だかの鍛錬で意識と記憶を飛ばしてきた男は違うわ。

　今度お勉強を教えてあげようかしら……。

「話が逸れたわね。要するに、森の向こうはどんな魔物がどれだけいるかわからないような場所ってわけよ。んでこの森は、そんな魔物たちの侵攻を遅らせてくれる天然の要害なわけ」

「なるほど？」

「あとなくなったら街も向こうから丸見えになって、山ほどの魔物に殺到されるだろうしね」

「なるほど……」

　ヴァイスくんも理解した様子だ。よかったよかった。

「つまりその『未開領域』に踏み込んで無双しまくればいいわけか？」

「ってちがぁあああうッ！」

こ、この王子ってば、めちゃ思考が好戦的なんですけど!?

出会った時はもっと自信なかったような……?

「グフフ、レイテくんがいろいろと教育してあげたおかげだネェ。話題になってるよ？『尊敬を蔑ろにする王子を叱り付けた』とか、『決闘の時にも腑抜けている彼にキレて言葉責めした』とか」

うぐっ、わたしのせいってわけ……？

「レイテ嬢、命令をくれ。キミが望むなら喜んで領土を広げてやろう」

「ってストップストップ。さすがにアナタ一人で『未開領域』を切り開くのはきつそうだし、何より土地の開拓は王様の決めることなのよ。勝手にやっちゃめーなの」

「めーなのか……」

がっくりと肩を落とすヴァイスくん。「俺が王になれていれば、レイテ嬢の土地を増やしてやれたのだが……」と本気で悔やんでいる様子だ。

「いや、もし革命が起きなかったらそもそもヴァイスくんと会えてないでしょ。だから過去を悔やんでも仕方ないわよ」

「む……それもそうだな。では、未来に約束するとしよう。再革命を成して俺が王になった日には、キミに莫大な土地を与えるとな」

「あはっ、そりゃいいわね。せっかくだから国土の半分くらいの土地が欲しいわ」

「……ああ。約束しよう」

ふふ。ヴァイスくんには悪いけど笑ってしまう。

どうせそんなの無理なのにね。再革命しようにも同志が集まらないのは確定してるから、アナタはこのままこの地で平和に暮らすのよっと。

「さぁ、いい加減に魔物探索に戻りましょう。といっても向こうから避けられてるんだけど……」

「あァ、それなら心配無用だヨ」

悩むわたしに、ドクターがニヤニヤと顎をさすった。何よ何よ。

「いいかいお二人さん？　魔物とは、人間に対して異常な攻撃性を見せる生物の総称だ。だからこうして彼らの前に身を晒し続けたら――やがて」

その時だった。目の前の木々がズズンッと揺れるや、唸り声を上げながら三体の巨人が現れた……！

ああ、こいつらは、

「一つ目巨人（サイクロプス）……！」

――一つ目巨人。体長五メートルほどもある巨体と、顔の大半を占める巨大な単眼が特徴的な魔物である。

連中の危険度は大鬼と同じ準一級。

一体を倒すために、一般兵士三十名ほどの犠牲は覚悟しなければならないレベルとされている。

鬼と比べたら、身体能力は僅かに劣るとされる彼らだが――、

『ガァァアッ……！』

ただでさえ巨大なその手には、大木を削り抜いたような粗雑な棍棒が握られていた。

これが一つ目巨人の恐ろしいところだ。

連中は知能が高く手先も器用で、魔物のくせに『武器』を作って使用するのだ。

特に経験を積んだ一つ目巨人ほど複雑で強力な武器を生み出すとされているため、見かけたら最優先で狩らねばいけない魔物だ。

「グフフ。見てみなよレイテくん、連中の一つ目を」

「……めちゃ血走ってるわね。明らかに正気じゃない感じ」

「そう。強力な魔物ほど人間への攻撃性も強いとされていてネ、いくら王子が怖かろうがずっと人間を見てたら理性がプッツンしちゃうのサ」

なるほど。餌をぶら下げられ続けた犬みたいなものね。ドクターはこうなるのを予想し

てたんだ。

「さてレイテくん。キミの異能で、連中の『魔晶石』の位置は掴めるカナ？」

「ん、どれどれ……」

瞳に意識を集中させる。ギフト『女王の鏡眼』全力発動だ。

「んー……脳とか心臓は当たり前に〝弱い部分〟として……あ、なんかそれぞれ、別の部分にちっちゃいポヤポヤが見えるわね。ソレに向かって、どっかから光が収束していくような感じ」

わたしの瞳が特殊な力場を感じ取る。

巨体と比べて随分と小さいのか感知しづらいが、それでも意識を集中させていくと……、

「――視えたわ。真ん中の一つ目巨人は臍の左横五センチあたり、右のヤツは鳩尾ど真ん中、左のヤツは右足の膝上三〇センチあたりにポヤがあるわね」

そう告げると、ドクターが「なるほどォ！」と満足げに頷いた。

「本当に個体によって位置がバラバラなんだネェ。こりゃレイテくんがいなかったら研究は不可能だったよ。感謝感謝だ」

「――では次は、俺の出番といったところか？」

ヴァイスくんが前に出る。

その構えは抜刀の型ではなく、無手の格闘術の構えだ。

「対象を殺さず、魔晶石だけを壊さず抉り抜かなければいけないのだったな。であればこのほうがいいだろう」

「へー、ヴァイスくんって素手での戦闘もできるのね。例の一日二十時間の鍛錬で覚えたの？」

「いや、二十時間はすべて剣術に費やした。格闘術の鍛錬は日に二時間程度だ」

特訓気絶部ーーーーーーーッ！

つまりこいつ一日二十二時間修行してたってことぉ!?　もうマジで休みなさいよ！

『ゴガァァアアアーーーーーーッ！』

そんな王子にいよいよ襲い掛かる一つ目巨人たち。

三対一。巨人対ヒト。武器使い対無手。

そんな、一見すれば不利過ぎる状況だけど……、

「来るがいい。レイテ嬢の糧(かて)としてやろう」

不安は全然なかった。むしろ『どうやって倒す』か気になるくらいなんだから、やっぱりヴァイスくんはすごいや。

「ではいくぞ」

ヴァイスくんはそう告げると、何やらポッケに拳を入れて……、

「〝ストレイン流異能拳法〟――『居合拳・撃煌一閃』」

次の瞬間、輝きと共に大爆発を起こすパンチを放つのでした。

ってパンチも爆発するんかーい！！！！！

◆◇◆

その後。

ヴァイスくんは技を出すとパンチだろうが大爆発することが判明したため、ギフトは使わず地道に剣で魔晶石の周りを抉り抜いていく作戦に変更した（最初からそうしなさい）。

わたし監修のもと出会う魔物を次々ザクザクしていき、小一時間経つ頃には三十個近くの魔晶石が手元に集まったのだった。

「グッフッフ！　大量だネェ～！　これはいろいろと研究できそうだ」

「よかったわねぇ～」

「ネェ～!」

ドクターもご機嫌で何よりだ。黒い宝石のような魔晶石を掲げ、太陽の光に当てたりして観察している。

「ここまででいろいろと分かったヨ。まずひとつ。〝魔晶石を抉り抜かれた魔物は、死亡せずとも動きが鈍くなる〟ということだ」

前髪の奥の瞳を輝かせながら、ドクターは語る。

「興味深いのが、動きが鈍くなる度合いが肉体と石の『距離』によって強まることだネ。離れるほどに肉体は動かなくなっていくんだ。然るに『魔晶石＝魂』という仮説は有力なんじゃなかろうか」

「なるほど。じゃあコレこそ魔物の本体かも、ってわけ?」

石のひとつを取って話しかけてみる。

こんにちはー、レイテ・ハンガリアよー。めちゃくちゃ悪女よー。つんつんつん。

「うわッ、ブブブブッて震えた!　きも」

「クフフフ、発見その二だネ。魔晶石は無機物のように見えながら、内部で光が蠢いたりと生物的な反応を見せることがある。これは研究しがいがあるヨ」

石を革袋にしまい込むドクター。

ちなみに彼の革袋、なんと鬼（オーガ）の強靭（きょうじん）な胃袋を鞣（なめ）して作ったものらしい。

採取のために用意してきたとか。

「そして発見その三だ。石を取り出したあと肉体にトドメを刺すと、石のほうも徐々に崩れていってしまうとわかった。魔晶石を体外に出してから殺しても駄目みたいだネ。まさに肉体と魂が如く、二つはどちらも欠けてはならない存在らしい」

だが、と。石がパンパンに詰まった革袋を、ドクターは遠慮なくバシバシと叩く。

「しかしそこで、魔晶石を『魔物の臓器から作った袋』に入れるとどうなるか？　――答えは『安定化』だヨ！　しばし放り込んでおけば崩壊が止まって固着するんだ！　いやァ、備えあれば患（うれ）いなしだネェ～！」

ナッハッハと、ドクターは高らかに笑い声を響かせる。

やっぱりこの人優秀ねぇ。王都の有名人らしいだけあるわ。

「実に興味深いネェ～～～～～～。魔晶石を袋に入れて固着させると、取り出した後も崩壊がほとんど見られなくなるんだ。推察するに魔晶石という名の魂が革袋という『死に体』に適合したからじゃないだろうカ？　酸化していずれ風化するしかない生命反応の極めて乏しい肉体に宿ったからこそ逆に魂もソレに見合った永続性を獲得したんじゃなかろうかと」

「な、なるほど?」

「あとは他にもいろいろ発見があるネェ。強い魔物ほど魔晶石も大きめだとか、内部の光も強く輝いているとか。光があるということは即ち(すなわ)そこにエネルギーが宿っているわけだからソレを取り出せるようになれば間違いなく新たな動力機関に——!」

「あぁうん、本当に元気ねぇドクター……」

相変わらずのお喋りさんね。

ともあれ研究は上手くいきそうでよかったわ。

ヴァイスくんもお疲れ様～。再三言うけど、帰ったら寝てね?

「レイテ嬢」

「ん、何よ? もしかして寝たくないわけ? そんな生意気言うとまた『膝枕の刑』に処すわよ～? 年下のわたしにあんなことされるとか、屈辱的過ぎてもう二度とごめんでしょ?」

そう言ってクスクス笑うも、何やらヴァイスくんは硬い雰囲気だ。

ど、どうしちゃったわけ?

「ヴァイスくん、怒っちゃった……? わたしが悪女過ぎてごめんなさい」

「いやいろいろな意味で違う」

いろいろな意味でってどういうことよ!?

「不意に、どうにも嫌な予感がしてな」

彼は金色の片目を細めながら呟く。「まるで、革命が起きる直前の時のように」と。

「えっ、えぇ? 何よそれ縁起でもない……!」

「すまない、ただの気のせいならいいんだが――」

と、ヴァイスくんが言いかけた時だ。

近くの茂みがガサガサッと揺れるや、執事のアシュレイが飛び出してきた!

「うわアシュレイ、今までどこにいたのよ!?」

「トイレに行ってる間にお嬢様たちのほうがいなくなってたんですよ! いやそれよりもッ」

アシュレイは懐におててて(ちゃんと洗った?)を突っ込むと、新聞の一面を出してきた。

「こちらを見てください」

「な、何よ。新聞なら朝に読んだけど? 今日の四コマ『オホちゃん』は主人公のオーホッホお嬢様ことオホちゃんが感覚遮断落とし穴に落ちてオホーッて……」

「あの漫画読んでませんでしたがそんな内容なんですかッ!? ……いえそれはどうでもよ

く」

よくないわよ。

新聞の価値の七割は四コマ漫画にあるでしょ普通。

「それで何よ?」

「はっ、この新聞は号外で刷られたものとなります。まぁこの地は辺境ゆえ、王都ではとっくに配られているものになりますが……」

紙面を広げてみせてくるアシュレイ。

はたして、そこに書いてあった内容は――、

「……なっ!?　〝我らがストレイン王国軍、同盟国『ラグタイム公国』に進軍を開始〟ですって!?」

何よそれ、どういうことよ……!?　ウチの国は何を考えてるのよ!?

「――嘘、だろう?」

背後より響く、震え声。

それは国王になるはずだった男、ヴァイスくんの絶望が込められた呟きだった――。

第11話　祭りまでの日々

突然の知らせから一日。

「おはようレイテ嬢、いい朝だな」

「う、うん」

意外なことにヴァイスくんは普段通りだった。

朝起こしに来てくれて、朝食の席まで連れ添って、座る時には椅子も引いてくれる。

「今日の朝食は豚鬼の肉を使ったポークリゾットだ。安全性が確認されたことで、一般の肉屋にも卸される予定になっているそうだな」

「まぁね。普通に美味しいから民衆もそのうち受け入れてくれるはずだけど」

って、それは別にどうでもよくて、

「ヴァイスくん、大丈夫？　この国が同盟国に戦争仕掛けるって聞いて、昨日は呆然としてたけど」

——突然の進軍。新聞によると、その理由は〝公国の裏切り〟にあるそうだ。

『我らがストレイン王国が、政権交代の最中にあることに乗じて、ラグタイム公国は侵略を画策。ゆえに裏切り者は公国のほうであり、此度の進撃は正義の鉄槌であって――』とかなんとか。無駄にカッコいい言葉が書かれていたわ。真相はどうなんだか。

「ヴァイスくん、気分が優れないなら休んでいいのよ？」

「いや問題ない」

も、問題ないって。てっきり数日は気に病むと思ってたんだけど？

「……もちろんショックは受けているさ。ラグタイム大公家には親しい男もいるからな。かの国が卑劣な面をするわけがない……俺が革命を防げていたらこんなことには、とか。そう思い悩んだら眠れなかったよ」

ヴァイスくん……。

「おかげで朝まで剣を振るってしまった」

「ってまたやったんか！！！」

相変わらずの特訓気絶部ぅーーーー！！！

ほんと身体を大事にしなさいよ。なんで悪の女王たるわたしに心配って感情を芽生えさせてるのよ。

「はぁ。ま、最悪の事態にはならなくてよかったわ」

から」

「うん。もしかしたらヴァイスくん、一人で王国軍を止めに行っちゃうかもって思ってた

「最悪の事態？」

だから実は、執事のアシュレイに一晩中ヴァイスくんを見張らせてたのよね。

最初は大変な命令しちゃったなぁって思ったけど、『野郎の寝顔よりお嬢様の寝顔を見たいのですがね～。できれば鼻先一センチで』と言われたあたりでどうでもよくなった。

そんな出来事を思い返すわたしに、ヴァイスくんは「なるほどな」と呟く。

「進軍を止めに行く、か。その手もあるな」

「えっ」

「腐っても俺はストレイン王国第一王子だ。王国軍の前に身を晒せば、話くらいは聞いてもらえるだろう」

「ちょっと!?」

ちょっ、思いつかなかっただけでやる気なの!?

だけどそれには問題が、と言おうとしたところで、ヴァイスくんのほうから「だがそれは無理だ」と続けた。

「俺の言葉は届かないだろう。今の王国軍は偽物だろうからな」

無表情のままに、彼は悔しげに拳を握った。

「傭兵結社『地獄狼』。今やそいつらが国の主力を担っているはずだ。ゆえに俺の説得に意味はない。総帥ザクスの指示の下、蹂躙されて終わりだろう」

「それは……」

まさにその通りだ。

わたしも予見していたことである。

元より新国王・シュバールは、革命にあたり軍人たちを取り込むことができず、傭兵結社『地獄狼』に頼ることにしたんだ。

だから現在もべったりだろうって。

「それに、この地に王国新聞が届くまでには半月ほどのラグがある。ゆえに今ごろはもう……」

「とっくに、戦争状態でしょうね」

すでに手遅れというわけだ。

「シュバールを討ちに行く手もあるが、それも難しいだろうな。邪知に優れるザクス・ロアのことだ、保険としてそれなりの兵力を残しているだろう。もしも幹部たる『五大狼』がいれば、俺とてどうなるかわからん」

「うっ、『五大狼』ってアシュレイみたいな連中のことよね？」

この最強王子様には負けたけど、本気を出したアシュレイの力はすごかった。

「アシュレイ×五人分とかやばいでしょ」

脳内に『『『『お嬢様！　お嬢様！』』』』とわちゃわちゃするアシュレイ五人の姿が思い浮かんでしまう。地獄かな？

「別の意味でもやばいわね……」

「ともかくだ。侵略軍に向かっても犬死、王城に乗り込んでも勝てるかわからず、何より突然の首都決戦では民衆を巻き込んでしまう」

あぁうん。ヴァイスくんの剣技、滅茶苦茶だしね。

かといって加減できる相手でもないか。

「となれば今は、好機に備えて爪を研ぐことに徹するさ。だから落ち込んでいる暇もない」

「そっか」

平気だとかそういうのじゃなくて、怒りや決意を心の奥で燃え滾らせているわけね。

「なるほどね。ヴァイスくん、出会った頃より王族っぽく感じるわ」

「レイテ嬢の前だからな。無様な姿は見せたくないんだ」

「ぬっ!?」

……ヴァイスくんってば、ちょっと口まで上手くなったわね。

顔は相変わらず仏頂面だけど、これなら未来のお妃様も幸せになれそうね。

「ヴァイスくんってば立派になって……。結婚式にはわたしも呼んでね？」

「⁉　ああ、絶対連れていくさ！！！」

「うるさっっっ⁉　急に何よ⁉」

国際情勢に不安を覚えつつも、気に病んでも仕方ないと元気に過ごす。

何せハンガリア領最大のイベント『大仮装祭』も間近に迫ってるんだからね。

◆　◇　◆

「民衆ども～、働いてる～？」

「「「「「「「「「「「「「「「「「「「「「「わあああああああああああああ
あああああああああああああああいレイテ様だああああ
あああああああああああああああああああああああああ
ああ!!!!!!!!!!!!」」」」」」」」」」」」」」」」」」」」」」

「うるっさッ⁉」


戦争のニュースが届いてから数日後の夜。

領民たちは特に不安がることもなく『大仮装祭』の準備をしていた。

のんきと言えば聞こえは悪いけど、まぁウチの領は王都からアホほど離れているからね。

従軍命令もなかったし実感もわかないわよねぇそりゃ。

「レイテ様ー、あの『魔照灯(ましょうとう)』ってヤツすごいッすねー!　おかげで日が沈んでも働けますわ～!」

と民衆の一人（名前はパンデミックくん）が指さしたのは、広場を中心に立ち並んだ柱だった。

その先端にはガラスの中で光る『魔晶石』の姿が。

「レイテ様がスポンサーしてる魔学者さんが開発したんでしたっけ⁉」

「魔晶石から電気ってのを起こしてるとか！　あんなの絶対王都にもないよ～」

「すごいよな～夜になったら寝るしかなかったのに。一日が倍になった気分だよ～」

とパンデミックくんの兄弟のウォーくんとハングリーくんとデスくんも感心している。

「「「「魔学の力ってすげ～！　すげー学者さん見つけてきたレイテ様もっとすげ～！」」」」

などと目をキラキラとさせている四人兄弟。

だけどわたしは騙されないわ！　こいつらや民衆たちが実は、わたしへの怒りを燃やしてるってね！

「ふんっ（実は『おかげで夜まで働くことになっちまっただろうが！』『なんて邪悪なモノを発明させたんだ！』って思ってるでしょ？　わたしの慧眼には見え見えよそういうの～）」

元より民衆どもを馬車馬の如く働かせるためにドクターに提案したのよね。

彼は謎エネルギーを秘めてるっていう『魔晶石』で複雑なものを作りたがってたようだ

けど、その前にまず〝なんか蠟燭(ろうそく)よりも明るくて長続きする照明器具作れない？〟って言ったのよ。

そんなのがあれば夜でも領民を働かせれて収益ガッポガッポ。

ついでに夜盗とかの犯罪も減らすことができるんじゃないかってね～（最近は滅多にないけど）。

そしたら見事に形にしてくれたわ。

「「「レイテしゃま～！」」」

「ふんふんっ、おべっかなんていらないわよ。民衆どもっ！　嘘でもわたしに媚び売りたいなら、いっぱい働いて領地を盛り上げなさい！」

「「「「「「「「はあああああああああああ

あああああああああーーーーーーーー

ーーーーーーーーーーーーーい

！！！！！！！！！」」」」」」」」」」

「だからうるっさいってのッ！！！」

◆　◇　◆

「それでね～ヴァイスくん。一応は戦時中なのに、領民たちってばのんきでね～」

「領主であるレイテ嬢を信頼してるからだろうな」

「……それで『魔照灯』の開発で内心キレてるはずなのに、相変わらず口先だけの媚び売ってきて」

「すごく喜んでるんだろうなよかったな」

「ってだからどうしてそうなるのッ⁉」

帰宅後、ヴァイスくんに民衆どもの様子を話したら相変わらずのふわふわ解釈だ。

はぁ～～～～～～（呆れ）。

ヴァイスくんさぁ、そんなんじゃ社会で騙され無双よ？　社会でやっていけないわよ？

「お花畑な解釈はやめなさい。人間ってのは邪悪な生き物なのよ、悪の女王たるわたし見たらわかるでしょ？」

「じーーーーーーー」

し、視線が熱い！

「……ふむ」

「わかった？」

「人間とは素晴らしい生き物なのだな」

ってなんでわたしで人間賛歌に目覚めるッ!?

「ばかばかばぁぁぁか！　節穴！　お花畑の馬鹿ヴァイスくん！」

「ああ、俺は『弟に革命されて国を乗っ取られた挙句、今やその国は同盟国へと侵略するようになってしまった』馬鹿ヴァイスくんだ……」

だからクソ重自虐やめろっっっ！

「はぁ、ともかくヴァイスくんはふんわり育ち過ぎたみたいね」

「ふんわりヴァイスくんだ」

「もっと人間を疑うように育ったらよかったのにね。ヴァイスくんがわたしの赤ちゃんで、わたしの母乳吸って育ったら間違いなくそうなれたのに」

「むむむ」

なぜかピカ〜とピンク色に光り始めるヴァイスくん。

その光って色変えられるんだ。あとなぜにピンク？

「——失礼します。追加の書類を、ってうぉっ王子がピンクに光ってる⁉」

とそこで執事のアシュレイが入ってきた。

「何があったのですお嬢様⁉」

「いや普通に話してただけよ。ヴァイスくんがあまりにいい子ちゃんだから、わたしの母乳飲んで育てばよかったのにって」

「むむむ」

ってアシュレイまでピンクに光るな！

「もう二人ともなんなのよ⁉」

「いえすみません。それよりもこちら、『大仮装祭』の出店関連書類です。確認と了承のほどを」

はいはいっと。

ギリギリなこの時期に出してきたってことは外様から来た商人たちね。ウチの領民はこのレイテ様が怖いからか期限は余裕で守るようにしてるからね。

「それにしてもお嬢様。あまり夜遅くまで働かれるのはどうかと」

「そうだぞレイテ嬢。無理はよくない」

と（ピンクに光りながら）心配してくる二人。

はぁまったく、何言ってるのよ？

「領民たちが働いてるのよ？　なのに領主がぐーたらしてたら恥ずかしいじゃない」

わたしはいつだって超絶優れた悪の女王様だからね。

舐められないよう、『あんたらよりも仕事できまくりよバーカ！』な姿勢を見せていかないと。

「だからわたしも頑張らないとね。えぇ～どれどれ、〝マフィンを出店したい〟？　五日前から作り置きしたモノを……って腐るわ馬鹿！」

民衆たちにマウント取るべくせせこ働くわたし。

そんな悪の鑑（かがみ）たるレイテ様を、王子と執事はじーーーっと見つめてきて、

「「人間とは素晴らしい生き物なのだな」」

ってだからなんでそーなるのよ!?

第12話　開催、大仮装祭！

かくして数日後。ついに、

「民衆ども〜っ！　ではこれよりっ、『大仮装祭』を始めるわよーーーーーーーっっっ！！！」

『うおおおおおおおおおおおおおおおおレイテしゃまあああああああああああああああああああああああああああああああああぁあああああああああああああああーーーーーーーーーーー！！！！！！！！！』

「ってうるっさいわ！」

相変わらずの民衆どもに辟易しつつ壇上を辞する。

というわけでいよいよ幕開けた『大仮装祭』。

街中は華やかな彩りに包まれ、美味しそうな食べ物屋さんと数えきれないほどの人々でぎっしりだった。

もちろんみんなは仮装姿だ。

綺麗でフリッフリな衣装はもちろん、モンスターの格好をした人や、ゆるふわな着ぐるみ姿の人や、はたまた漫画キャラや歴史上の偉人のコスプレをした人もいたりで面白い！

「ふふ～ん、労働力を絞り出すにはたまに遊ばせる必要があるからね。今日はみんな楽しみなさ～い！」

かくいうレイテ様も今日はスペシャルレイテ様よ！

ゴシックドレスからお姫様風な水色ドレスにして、ティアラまで装備してるわ。

「でも中身が邪悪っていうのがいいのよねぇ～！『正統派清純ヒロインに化けた悪役』の仮装ってわけ！　ねぇ通行人たちどう思うー!?」

『うおおおおおおおおおおおお正統派清純ヒ

ロインだああああああああああああああああああああああああああああああああぁああああああああああああああーーーーーーーーー!!!!!!!!』

「って誰がよ⁉」

んなわけないでしょうが。

どうせみんな内心では『腹黒女が何着てんだ！』って思ってるくせに！

「ふんっ、相変わらず媚び媚びな連中なんだから」

とぼやきつつ、わたしは仮設更衣スペースの側でヴァイスくんとアシュレイを待っていた。

この仮設更衣スペース、街の外からやってきた人のために用意したのよね。

街の一角を白布で大きく区切って設けたから、数百人入ってもトラブルなく着替えられるようになってるわ。

　また金銭問題や破損やうっかりで仮装のための衣装が用意できない人のために、スペース内にある受付では衣装の貸し出しサービスもやってたりする。

「実はわたしの格好も、更衣スペースで着替えた貸衣装だったりね」

　これにはちょっとした事情がある。

　特に着たい衣装もなかったからわたしの衣装はアシュレイに用意させたんだけど、そしたらアイツ、

『レイテお嬢様にぴったりの衣装を異国から取り寄せましたッ！　アキツ和国のミニスカメイド服に学園水着に腋だし巫女服に猫耳カチューシャそして猫下着ぃ！』

と、わけわからん変態衣装ばっか持ってきたのだ！

　何が〝祭り当日まで楽しみにしてください〟だバカ。

　領主として壇上挨拶もあるんだから、痴女みたいな格好できるわけがないでしょうがっての。

「はぁ、それでせっかくだしってことで、更衣スペースで借りることにしたのよねぇ」

　おかげで苦労させられたわ。

　最初は『あえて民衆たちも借りられるレベルの衣装を着こなし、素の美貌でマウント取ってやるわ～ッ』と乗り込んだら、女子スペースの領民どもに『レイテ様きたあああああ

!?』『レイテ様かわいいい〜〜〜〜！』『髪きれぇ〜！　さ、触っても!?』『妹になってー！』

とめっちゃすり寄られてめっちゃ撫でられまくったわ……！

「まったくもう。『大仮装祭』が始まる前から苦労することになったわ」

これから領主としてあちこち見回らないといけないのに。

あくどい商売やってないか店舗を視察したり、わたしの『女王の鏡眼』で健康不良になってる人を見つけたりね。

民衆のことなんてどーでもいいけど、当たりが出ないクジ屋みたいなインチキ店舗が流行ったら祭りが衰退するし、病気になって働けなくなったら税収が減るもの。

このレイテ様の支配下にある以上、経営も健康も健全でいてもらわなくちゃね。

「はてさて。ヴァイスくんもアシュレイも、わたしに付き合って貸衣装に着替えるみたいだけど……」

随分時間がかかってるわねぇ。

一体どんな衣装に着替えてるのかしら――と、わたしが待ちぼうけしていた時だ。

不意に、「おいレイテ・ハンガリア」と、わたしを偉そうに呼ぶ声が聞こえた。

振り返るとそこには、

「げ」

「げ、とはなんだ貴様！　この俺が挨拶してやったんだぞ!?」

と怒鳴る赤髪のクソガキが。

……こいつの名はケーネリッヒ・オーブライト。

隣領『オーブライト領』の跡取り息子であり、一応わたしの幼馴染だった。

◆◇◆

オーブライト領子爵家。

このハンガリア領とは隣同士であり、血筋的にも分家筋にあたる家だ。

だからこの赤髪のクソガキ、ケーネリッヒとも幼馴染兼親戚だったりするんだけど、

「ふん、領地経営が**運よく**順調で調子こいてるみたいだなレイテ・ハンガリア！　まぁ気を緩めれば一瞬で終わりだろうがなレイテ・ハンガリア！」

とこのように、やたらわたしにツンツンしてくるのだ。

頭、たけぇ〜。

「背は小さいくせに……」

「ななっ、なんだと貴様⁉」

おっといけない口に出てしまった。

まぁでも仕方ないよね。

こいつ、わたしと同じ十六歳なのに身長一五〇センチそこらしかないし。

「あぁごめんなさい。執事とかヴァイスくんとかドクターとか、私の周囲って一八〇センチ以上の人ばっかだから。それでついね」

「何がついだっ！　くっ、見ていろよ貴様！　俺はこれから急成長するんだからなっ⁉」

あははははっ、相変わらず馬鹿なガキねぇ！

「無理よ無理。だって完璧人間のわたしですらそう願い続けてるのに、まだ身長一三〇センチ台なんだもん！」

「胸を張って言うことじゃないだろ⁉」

ふんだふーーんだっ！　全然成長しなくてちょっとヤケなレイテ様ですよーだ！

「はぁ、身長伸びないくせに体重はちょっと増え気味なのよねぇ。横に伸びたわけじゃないと思うけど」

「むっ、そ、それは貴様……」

ちら、と。一瞬ケーネリッヒの視線が落ちた気がした。

「何よ？　どこ見たの？」

「ッ、き、貴様の腹だ、腹！　ふんっ、昨年会った時よりふくよかになったんじゃないか⁉」

「何ー⁉」

や、やっぱりわたし太ってるわけ⁉

自覚とか全然ないし、周囲のメイドどもも『いつもお美しいですよ～』って言ってたけど、やっぱりアイツら媚びてたのか！

きーっむかつく！

「てかアンタも堂々と言ってんじゃないわよ！　乙女の身体事情なんだからもう少しオブラートに包みなさいよっ！」

「う、うるさい！　お前の貧しい……そう貧しい身体のことなんぞどうでもいいっ！」

なんだとてめー⁉

「決闘だッ、このクソ女！」

そう叫んでわたしに指さしてきた。

「俺のお父様たちも言ってたぞ。今の運よくデカくなったハンガリア領を治めるのは、貴様のような小娘には至難だとな！　よって領主の座をかけて、なんでもいいから勝負しろ！」

あぁん⁉　いつもイヤミったらしいクソガキだけど、今日は格別に腹立つわね！

「勝負内容は貴様に決めさせてやる。おらかかってこいつチビクソ女！　運だけ領主の調子こきめっ！　経営失敗する前にさっさと領主の座を渡して、ど、どこかに嫁入りでもするんだな！」

「むかー！」

もうレイテちゃんキレたわよ！

アキツ和国じゃ『女神の笑顔は三度まで』って言うけど、極悪令嬢は腹立ったら即ブチギレよこのやろー！

「その勝負、乗ったわ！　負けたら嫁入りでもなんでもしてやるわよチクショー！」

「ほ、本当か⁉」

となぜかケーネリッヒの声が上擦った時だ。

不意にシュバッとわたしの両横を何かが走り抜け、

「「くたばるがいいクソガキがッ！」」

「ぎゃー⁉」

ヴァイスくんとアシュレイが現れて、ケーネリッヒを殴り飛ばしたのだった！

って何やってんのぉーーー⁉

第13話　ヴァイスくんVSケーネリッヒ！（瞬殺！！！）

「レイテ嬢のことをクソ女だと？　その脳髄(のうずい)、砕き直したほうがいいと見えるな」

「お嬢様が運だけ領主だとぉ!?　七割殺すッ！　運だけで生きてる身体にしてやるッ！」

ゲシボカとケーネリッヒを蹴り始める王子と執事。

わたしは二人の格好にぽかんと口を開け——そこでハッと、「やめなさいっ！」と止めに入った。

「二人ともストップストップ！」

「「なぜに!?」」

ひぃ怖い！

「さすがに酷い真似はしちゃ駄目よ。たしかにケーネリッヒはチビでがさつで口が悪くてガキでよくつっかかってきて目障(めざわ)りでうざいカス野郎だけど……」

「って貴様が一番酷いだろうがレイテ・ハンガリアッ!?」

と叫びながらケーネリッヒが復活した。

地を蹴るや一瞬にして身体が掻き消え、王子と執事のボコスカ状態から脱出する。

「ちっ、相変わらずのレイテ馬鹿執事と……っ、貴様は……!?」

そこで、彼は大きく目を見開いた。

うんわかるわ。わたしもヴァイスくんの格好を見た時、固まっちゃったもの。

「ヴァ――ヴァイス・ストレイン王子、なのかっ!?」

そう。

なんと彼は覆面代わりの包帯を外したうえ、明らかに王子様な感じの衣装を纏っていたのだ。

っていやいやいやいやいやいや王子が王子服着たらもう完全に王子じゃないのよ!?

何やってるわけヴァイスくん!? なんで正体を明かして……と思ったが、

「違うぞ。これはあくまで仮装だ」

と相変わらずの無表情で言ってのけた。

「なっ、仮装だと?」

「そうだ。巷(ちまた)ではモノマネやコスプレと言うんだったか？ 名前や見た目で『ヴァイス王子』と間違われることが多かったゆえ、その格好をさせてもらっただけに過ぎない」

「そ、そうだったのか……？」

ケーネリッヒがこちらに対して問いかけてきたので、わたしもコクコクと頷いておいた。

「そっ、そうわよ！　彼はヴァイスくんと言って、わたしの新入り護衛なの。『ヴァイス王子』と違ってごく普通の平民だから、こんなことしても平気よっ！」

わたしはヴァイスくんの横腹をぽかぽか殴った。

〝一体どういうつもりよヴァイスくん⁉〟という非難も込めて。

「な、なるほど。本物のヴァイス王子は冷徹なる武神と聞く。舐めた真似をしたら斬られるか……」

「そうわよそうわよっ！（あ、そんな印象なんだ）」

まぁ〝氷みたいな無表情で武術大会荒らしまくってる〟って情報だけが新聞から伝わったらそうもなるわよね。

彼と距離が近かった元王国騎士団の人たちや王都の人たちの印象はまた違うかもだけど、わたしたち田舎民にとってはそんな感じが妥当かな。

「まぁあの王子がこんなところでピンピンしてるわけがないか。先日、いよいよ亡骸も見つかったそうだからな。今も王都広場に黒焦げ遺体が磔になっているとか……」

その言葉にヴァイスくんが眉をひそめた。

そう。新国王は隣国への出兵発表と同時、『第一王子の亡骸』を発見して晒したのだ。

もちろん偽物に決まっている。

つまり例の死体は、ヴァイスくんの代わりに誰かが焼かれてしまったということで……、

「む、どうした王子のコスプレ男。何を黙り込んでいる?」

「いや、なんでもない」

無表情でそう言う彼だが、わたしにはわかる。

無関係な人間が犠牲になったことを気に病んでいるってね。

「ふんっ、それよりも貴様と執事、よくも俺のことを殴ってくれたな!? 特に執事のほうはなんだその格好ッ、腹立つ!」

とケーネリッヒが怒鳴るのも無理はない。

今のアシュレイは、顔だけ出した『わたしの着ぐるみ』を着ていたからだ……!

いや何よそれ!?

「ちょっとアシュレイ、何その格好!?」

「ふっ、よくぞ聞いてくれました! これぞハンガリア領のマスコットとしてお嬢様をデフォルメした存在、『極悪令嬢れいてちゃん』の着ぐるみです!」

いやそんなマスコット認可してないんだけど!?

「ちなみにこっそり百着ほどこの着ぐるみを用意しましたが、私が借りたものでラスト

だったようですよ。盛況ですね～」

「ってふざけんな！」

わたしの着ぐるみ着た連中が百人も練り歩いてるの!?　きっしょ！！！

「即刻回収して処分しなさいそんなの！」

「おい」

「ったくアシュレイってばそーいうとこあるわよね！　ヴァイスくんと決闘したのもそうだけど、普段は馬鹿真面目に従順なくせにたまに独断行動するっていうかさぁ！　は？

『鼻から出そうなほどの愛ゆえに』？　知らないわよアホー！」

「おいって！！！」

っと、気付けばケーネリッヒが怒鳴っていた。

「何よあんた、まだいたの？」

「ずっといるわ！　クソッ、このケーネリッヒ様が平民如きにボコられたまま引き下がれるか……！」

瞬間、彼の身体から紅（くれない）の光が溢れ出す。

間違いなくギフトの輝きだ。

「ってちょいちょいちょい!?」

「なんだッ！」

「いやなんだじゃないわよっ！　アンタもしかして、あの二人に戦い挑む気⁉」

「当たり前だ！」

アホガキは謎のやる気で言い放つ。

「気に食わない貴様の前で負けっぱなしでいられるかッ！　見ていろ、貴様の部下二人を潰し、俺のほうが雄（オス）として優れていると見せつけてやるっ！」

いやいやいや駄目だって！！！

「ストップッ、マジでストップだからアンタ⁉」

「今さら止めても無駄だぁ！　この俺に手を出したことをヤツらに後悔させてやるっ！」

などと吼えるアホの親戚。

それに対しヴァイスくんとアシュレイはのほほんとしていた。

「おいヴァイス、どうやらあのお坊ちゃまは決闘をお望みらしいぞ」

「ふむ、ならば俺が行こうか。二対一は卑怯（ひきょう）だからな」

「いいだろう。ただ貴様、異能（アレ）を使うのは控えろよ？　いよいよ誤魔化しがきかなくなるぞ」

「わかった」

と一切恐れず作戦会議中である。

普通、平民がギフト持ちの貴族に絡まれたらガクガク震えるものなんだけどね。

「っ、えぇいなんだ貴様らはッ！」

当然ご立腹なケーネリッヒ。

そこで、

「主人のレイテ・ハンガリアに似て、すっとぼけた連中だな」

「――ほう」

彼が放った一言に、ヴァイスくんの眼が細められた。

「ケーネリッヒと言ったか。貴様、またもレイテ嬢を悪く言ったな」

「っ、だったらなんだ!?」

「少し仕置きが必要だと思ってな。叱られるばかりの俺も、たまには叱る側に回ろうか」

ヴァイスくんから闘志が溢れる。

普段のように放射光すらないが、それでもゾッとするような威圧感だった。

「くっ、なんだお前は……!?」

「レイテ嬢のしがない護衛だ。それよりも、貴様」

彼はそこで言葉を切り、

「恐れてないで、来るがいい」

「ッツ、なんだと貴様ァアアアーーーッ！」

ヴァイスくんの一言にケーネリッヒがキレた！

放射光がその足に集まり、そこから強い突風が吹き出す。

「蹴り砕いてやる！　風の道を踏めッ、『旋紅靴（せんこうか）』！」

ケーネリッヒのギフトが解放された。

その能力を脚部からの暴風発生。

風で相手を吹き飛ばすことはもちろん、逆側から噴射して蹴りの威力を上げることもできる強力な異能だ。

「貴族を舐めた罰だ！　半年は歩けない身体にしてやるッ！」

ケーネリッヒは一気に高く舞い上がった。

空中で反転すると、その暴風を纏った足先をヴァイスくんに向ける。

「死ねっ、コスプレ野郎！」

猛禽（もうきん）の如く放たれる飛び蹴り。

風の噴射と重力落下を出力に、凄まじい勢いでヴァイスくんに蹴りかかった。

そして着弾。

激しく砂埃が舞い、祭りが続く領地に轟音が響く。

が、しかし。

「いい一撃だ。なかなかに鍛えているな」

「はぁ!?」

異能を使った飛び蹴りを、ヴァイスくんは素手で受け止めていた……！

相変わらずのトンチキ身体能力である。

「なっ、な、嘘だっ!?　俺の蹴りを、そんなっ!?」

「では終わらせよう。加減はするから耐えてくれ」

そう言って、ヴァイスくんは軽く拳を振りかぶると、

「またかかってこい、いつでも挑戦を受けてやる」

ケーネリッヒのお腹にパンチをぶちこみ、何メートルもぶっ飛ばしてしまうのだった
……！

やっぱりこの王子様、強過ぎない〜!?

◆
◇
◆

「ち、ちくしょぉ、なんだアイツ～～～～～～～～～～……!?」

ぶっ飛ばされたケーネリッヒ。

当然ボロカスにはなってたけど、意外と意識は保っていた。

「元気そうねぇアンタ」

「うぐっ、レイテ・ハンガリア……！　おい貴様、あの男はなんだ!?　あんな強い男をどこで見つけた!?　いくらで雇った!?」

んーいくらだったっけ？

「元傷病奴隷だったから安かった気がするわ。それでなんか大人買いしたら混ざってたの」

「そんなオマケ付きの菓子みたいな手に入れ方を!?」

まぁ事実そうだったからね。

「くそっ……相変わらず運のいい女め。だから貴様が気に食わないんだ」

苛立たしげに吐き捨てながら、彼はよろよろと立ち上がった。

「ふらふらじゃないの。肩貸しましょうか？」

「よ、余計なお世話だっ！　くそっ、せいぜい必死に領主の座を守り抜くがいい」

よたよたと去っていくケーネリッヒ。

いつの間にか集まっていた野次馬たちに「どけっ！」と吠え、

「……今やこの領は、父様たちに狙われてるんだからな」

そう言い残し、雑踏の中に消えていくのだった。

「ふう、何よアイツ。散々喚いて暴れた後、脅しまでしていったわ」

相変わらずガキねぇ～と肩をすくめる。

ヴァイスくんもそう思うでしょ？

「ふむ。なぁアシュレイよ、あの少年はもしやレイテ嬢を」

「まぁそんなところだ。だから私も本気で排除しようとは思っていない」

ってちょっと。わたしを置いて何二人でコソコソ話してるのよ？

「レイテ様も混ぜてよ」

「『いやこの話題は少し……』」

ってなんなのよもー!?

幕間　ふざけた街にて（ケーネリッヒ視点）

「くそぉ、レイテ・ハンガリアめ……！」

空前絶後の賑（にぎ）わいを見せるハンガリアの街。

誰もが様々な格好で『大仮装祭』を楽しむ中、ケーネリッヒは一人不機嫌そうに歩いていた。

「ふん、本当に気に食わないな。あの女も、この領地も」

とても辺境都市とは思えない。

普通、国の外縁地は地獄のような環境である。

日々未開拓の地から押し寄せてくる魔物に怯え、死の恐怖に震えているのが日常のはずだ。

それなのにこれはなんだ？

少し周囲を見渡せば、華やかな街並みと溢れんばかりの笑顔の数々。

この地の噂を聞きつけて観光客までやってくる始末で、これでは王都顔負けである。

しかも、

「おや坊や、傷だらけじゃないか！　どれ、おじさんが治療してあげよう」

「な、なんだ貴様はっ、医者か⁉」

「いや、うさぎの餌売ってる」

「医療とまったく関係ないじゃないか⁉」

そう怒鳴るケーネリッヒに、話しかけてきた男は「いいものがあるんだよ」と言って、

「はい絆創膏だよ。ほっぺの傷にぺたりとね」

「っ、なんだこれは⁉」

「ドクターさんの発明品でね。膏薬のついた紙片に粘着性をもたせた医療品で、誰でも気軽に持ち歩けて使えるんだ」

「な、なるほど……」

仕組み自体は簡単な品である。

だがそういう『思い付きそうで誰も思いつかなかった物』こそ発明品というのだ。

ハンガリア領にはそうした優れ物が溢れていた。

「ボロボロの衣装は服屋に持っていくといい。ミシンが開発されてから本当に仕事が速くなったからね、すぐに直してくれるさ」

「み、みしん？」

「そう。足踏みを動力にした自動縫い機でね。でもレイテ様が名前が可愛くないと言って、『踏む時ミシミシ音するからミシンでいんじゃない？』と名付けたんだ」

「えぇ……」

そんな軽く常識を変えそうな発明品に驚き、そんなものに雑なネーミングをしたレイテに二度驚きである。

「てかセンスないなアイツ……」

「テメェレイテ様を馬鹿にするのかッッッ!?」

「わぁっ!?」

なお三度目の驚きを食らった模様。

レイテへの軽い悪口を言った瞬間、親切なうさぎの餌屋の態度が豹変（ひょうへん）した。

「いいかよく聞けクソガキィッ!?」

「クソガキッ!?」

「オレ様はかつて王都のマフィアの首領（ドン）だったんだ！　だが内部抗争に負けて腕を落とされ、半死半生のままこの地に逃げてきたんだよぉッ！　そんな時だ、レイテ様は『マフィアの首領？　ふんっ、悪の女王であるわたしのほうが偉いのよ！』と当時はなかった胸を張ってオレ様を快く迎え入れてくれて、希少な聖神馬（ユニコーン）の角で腕まで生やしてくれてだなぁ……！」

「わっ、わかったわかった！」

これである。

とにかくこの領の民衆、レイテへの信奉度が半端ないのだ。

「テメぶっ殺してりゃぃアりゃァアアアッッッ！」

「ひえっ!?」

などと狂乱した餌屋に襲われかけた時だ。

不意に老女が餌屋の肩をポンと叩き、

「まぁまぁ落ち着きなされ。実はこちらの子はレイテ様の親戚で、レイテ様に『思春期的なアレ』でねぇ」

「むっ、『思春期的なアレ』か……！」

と謎の会話をすると、妙に生暖かい目になってケーネリッヒの頭を撫でてきた。

「何をするっ!?」

「フッ、少年。『思春期的なアレ』ならばまぁ大目に見てやろう。レイテ様は魅力的だからな……ッ！」

「ってなんの話をしてるんだー!?」

わけが分からないがとにかく恥ずかしくて真っ赤になる。

ケーネリッヒは「チクショーッ！」と叫びながら雑踏から離れていった。

◆

◇

◆

そして。

「はぁ……こんな街外れすら、他の場所とは違うのか」

ケーネリッヒが逃げてきたのは、大通りから遠く離れた郊外だった。

普通、こうしたところは貧民街と化しているのが常である。

実際、古い建物やいかがわしそうな店こそあるが、

「おう坊ちゃんッ、傷だらけで喧嘩でもしたかい？　ウチのボロ屋でよけりゃぁ休んでいくかァ？」

「こんな男についてっちゃ駄目よー。こいつ、新築の家建てるために節約中だから、お湯みたいに薄いお茶を出されるわよ？」

……こんな場末の住民たちでさえ穏やかな有り様である。

豊かでなくとも最低限の生活は送れているのだろう。

貧民街の住人だというのに頬がこけていることもなく、何かの病気を患っている様子もなかった。

「……そういえばレイテが言ってたな。民衆たちを下からどうにかしていくとか……」

「応ッ、その通りよ。給料の最低額？　っつーのを法で決めてくださったからよぉ、おかげでどんな仕事でも必死にやりゃぁ食ってはいけるぜ！」

ケーネリッヒの呟きに荒くれ風の男が笑う。

露出の多い女も「そうそう」と頷いた。

「いろんな事情であんまり稼げないヤツには、医者代を安くしてくれたりねぇ。おかげでアタシらみたいなどーしようもない連中も、犯罪だけにゃあ走らずやっていけてるよ」

「なるほど……」

当初、ケーネリッヒは社会的下層に対するレイテの救済案を馬鹿にしていた。

〝下の連中を幸せにしたいなら仕事を用意してやればいいだろうが〟

適当にインフラ工事の仕事でも作って、募集をかけてやるのが常識だろうと。

だが、

「レイテ様にゃぁ助けられてるよ。オレ、こう見えていろいろあって、大人の男が一緒だと吐きそうになるんだわ。だからこの地に流れてくるまで、ろくな仕事に就けなくてよぉ……」

「アタシんちは母さんがボケちまっててねぇ。目が離せないからろくに働けないし、病院にブチ込む金もない。だから捨てちまおうと思ってたくらいだけど……レイテ様のおかげで、ちゃんと病院に入れることができた」

社会にはいるのだ。

怪我や病気、さらにはそれら以外のどうしようもない理由で、働くこと自体難しい者たちが。

野垂(のた)れ死ぬか犯罪に走るしか道がない、真の社会的弱者たちである。

「いやぁ、『楽園みたいな辺境領がある』って噂はマジだったんだなぁ」

「アタシらも盛り立てていかないとねぇ！」

どこの領主も目障りにすら思っていた彼ら。

だがレイテ・ハンガリアは、そんな者たちすら掬(すく)いあげて見せた。

（まったく、あの女は……）

完敗である。

とっくに気付いてはいたが、やはり彼女は凄まじい。

誰かを救い、幸せにする。その善なる才能において、レイテ・ハンガリアの右に出る者はいないだろう。

（だから父様方、この地を狙うのはやめておけ）

数年前、ハンガリア領の領主夫妻が亡くなった時、親戚筋であるオーブライト家はこの地を欲しがらなかった。

当時十歳程度だったレイテに押し付け、いつ潰れるか賭けていたほどだ。

その結果が、これである。

「ほれ坊ちゃん、顔見ねぇところを見るに他の領地から観光できたんだろ？　元気があんなら楽しんでけ！」

「そうそう、今日は祭りなんだからね。レイテ様のためにも外貨落としていってね～！」

「こら性悪女ッ、何言ってんでぃ!?」

快活に笑い合う貧民たち。

――もしもレイテを領主の座から追い落とそうものなら、彼らはきっと鬼になるだろう。

(この地の発展はあの女あってのものだ。だからどうか変な考えはやめてくれるといいが……)

それと同時にケーネリッヒは思う。

自分もいつか、彼女に並び立てるような男になりたいと。

第14話　楽しみなさいヴァイスくん!!!

「……それでヴァイスくん。その格好はなんなのよ?」

「む」

ケーネリッヒを追っ払った後のこと。

わたしとヴァイスくんは盛り上がる雑踏を歩いていた。

あぁアシュレイ?　アイツは数十人の子供たちに『何その着ぐるみー!?』『かわいー!』と群がられて溺れ死んだわ。死因:ロリショタ。

まぁそれはともかく、

「ヴァイスくん、なんで『ヴァイス王子のコスプレ』なんてトンチキな真似したわけ?」

おかげでちらちら見られ放題よ。

死んだはずの第一王子が歩いてるんだもん、みんな「マジで!?」って顔してるわ。

「……これ、王都まで噂が届いたら『地獄狼』の連中が大軍勢で押し寄せてきちゃうんじゃないの?」

その危険性をわかっているのだろうか。

そう思案するわたしに、だがヴァイスくんは「安心してほしい」と言ってのけた。

「アシュレイとも相談した『現政権にダメージを与える策』だ。これに対して連中は、決して大仰に動くことはできない」

「な、何よそれ？」

一体どういうことなわけ？

「まず『ヴァイス似の男がいた』という噂が王都に流れたとしよう。そうなれば、俺を慕ってくれる連中も現政権の者たちも、どちらも騒ぐことだろう」

「そりゃそうね」

前者は希望を見出し、後者は不安になると思うわ。

「これに対し、弟を始めとした現政権の者らは動けない。戦争で忙しいというのもあるが、何より」

……あっ。

「そっか。アイツら、偽物の死体まで用意して大発表したばっかかだもんね」

ゆえに騒げるわけがない。
・・・だって、ヴァイス王子は死んだはずなのだから。
なのにワーワー慌てて兵を向かわせたら、本当はヴァイスくんが生きてるんだって知らしめるようなものだ。

「そうだ。ゆえにヤツらは静観を決め込むしかない。ただでさえ革命で乗っ取ったガタガタの政権下で、偽の死体を用意してまで嘘を吐いた——なんていう外道で情けない策が露見してみろ。国がひっくり返るような大暴動に発展することだろう」

「うわー……」

そらバレるわけにはいかないわ。

今はみんな恐怖で凍り付いてる感じだけど、マイナス感情も加減ぶっちぎったら大爆発するわよねぇそりゃ。

それで国自体が運営できなくなったら終わりね。

だからシュバール第二王子は黙り込むしかないってわけか。

「その上で民衆には希望を残せる。あの革命から逃げ延びた敗残兵たちも、噂を聞いて密かに集まってきてくれるかもしれない。そう願って俺は顔を晒したのだ」

「な、なるほど……」

ヴァイスくんらしからぬ大胆な策である。

いやわたしは面倒ごと大嫌いだから敗残兵が集まってくるのは正直勘弁したいけど、でも効果的な案だとは思うわ。

「理解したわ。アシュレイと相談の上とはいえ、そんな策がヴァイスくんの頭から出てくるなんて驚きね」

「あぁ。最近はレイテ嬢にお昼寝させてもらってるからな。ちょっと冴えてる」

「普段からちゃんと寝なさい」

ほんといい加減にしなさいよね特訓気絶部？

「……今回の『ラグタイム公国』侵略の件で思い知ったからな。焦るのも駄目だが、手をこまねいていては国も周辺国も滅茶苦茶になってしまう。できることはしなくてはならない」

「その意見には同意するわ」

レイテちゃんは僻地でのんびり民衆を虐げてたいんだけどね。

だけどこのままじゃ、足場であるストレイン王国自体がぶっ壊れちゃいそうだもの。

さすがにそれは勘弁よ。

「まぁ、現状できるのはこの程度だがな。これでシュバールも……弟も少しは肝を冷やしてくれるといいんだが」

ぼやくように言うヴァイスくんの口調には、親愛の情がほんのりと紛れていた。

例の弟さんに対して非情になりきれないのね。

「甘ちゃんヴァイスくんねぇ」

「甘ちゃんヴァイスくんだ」

「でも、やる時はやるんでしょ」

「……ああ」

彼は腰のあたりに手を持って行った。普段、刀剣を下げている場所だ。今は仮装中ゆえ空いているが、必要な時には必ず剣を握ってくれることだろう。彼はそういう人間なのだ。

「やる時は、やるさ。兄として、これ以上シュバールの手を汚させないためにな」

そう語る王子様の目は熱い。

最初は冷ややかに思えた彼だが、その無表情な顔の奥にはいろんな感情を持ってるんだって今ならわかる。

「よしっ、そうと決まれば今はひたすら遊びましょっか!」

迷子にならないようヴァイスくんの手を引っ張ってあげる。

ぼーっとしてるとこあるからねぇこの子は。

「楽しいわよ～『大仮装祭』は。みんなの格好を見るもヨシ、いろんな出店で食べ歩きするのもヨシ、他には腕相撲大会に歌唱大会とかカードゲーム大会もやってたり、出稼ぎ商人たちの大露天市場を覗いたり～」

ね、わくわくするでしょヴァイスくん⁉

「ああ、すでに楽しくてたまらない。さっきから胸がはち切れそうだ」

「ってもうそこまで楽しんでるの⁉」

まだわたしと歩き始めたばっかじゃないの。

そんななんの面白みもない地点ではち切れそうになってたら、今からヴァイスくん八つ裂きになっちゃうわよ？

「まぁ、ヴァイスくんはしぶといから大丈夫かな」

「ああ、革命により丸焼けにされてもしぶとく生きてるヴァイスくんだ」

「ってコメントに困るわっ！」

まったく彼は相変わらずねぇ。

でもま、ちょっとトンチキなところが一緒にいて飽きないからいいんだけどね。

「よしヴァイスくん、視察がてら街中の店舗を回るわよ！　悪の女王が案内役をしてあげるわっ！」

「む、そんな案内役がいるのか？」

「ってこのレイテ様に決まってるでしょうが――――っ！」

わたしは彼の手を引くと、雑踏の中に飛び込んでいった！

◆
◇
◆

ホットドッグをはぐはぐしつつ、ヴァイスくんと訪れた腕相撲大会。

そこで彼は無双の強さを見せた。

「な、なんだヴァイス激似野郎ッ、腕が全然動かねえ……!?」

「力だけはちょっと自慢のヴァイス激似野郎だ。では倒すぞ」

「ぎゃー!?」

現在、ヴァイスくんは爆速で九連勝したところだ。

いやもう本当に爆速だ。一人称が『オデ』なムキムキの相手も、何かありそうな謎の達人風老人も、謎のローブ男も、謎の少年も、謎の少年の父親っぽい男も、黒幕っぽい雰囲気の人も、全員一秒で地に伏せていた。

マジでヴァイスくん無双である。

『つっ、強いーーーッ！　登録名〝エセ・ヴァイス〟選手、怒涛(どとう)の快進撃だぁ〜〜〜！』

ドクター開発の音声増幅器で叫ぶ司会兼主催者さん。その顔には驚愕と共に焦りが浮かんでいた。

だってこの腕相撲大会、ノンストップで十連勝した人がチャンプになって賞金もらえるってルールだからね。

ちなみに挑戦する人は参加費を払う必要があり、それで収益を上げる感じだ。

だから連続十連勝者なんてほぼありえない存在が生まれるまで、ガッポガッポと稼げるはずだったんだけど、

『ひえぇえええ……！』

「さぁ、次の相手は誰だ？」

ヴァイスくん、爆速無双で王手である。

しかも祭りはまだ始まったばかりなんだからそら焦るわ。もう終わりそうなんだもん。

『た、頼むから誰か強い人ッ、この男を止めてくれ～～～～ッ！』

と、司会兼主催者さんが本音っぽい叫びをあげた時だ。

観客たちをかき分け、黒髪の少年が前に出てきた。

「ならば拙者が相手をしよう」

現れたのは和風の美男子だった。

服装や彫りの浅い顔立ちからして、間違いなくアキツ和国の人なのだろう。

彼を見てヴァイスくんが目を細める。

「その風貌に……腰の『刀』。なるほど、和国の守護者たる侍の者か」

「如何にも。拙者の名はセツナ、腕を磨くため異国を旅する士族でござる」

ほぁー、そりゃすごいわね。

アキツ和国っていったら極東のめちゃ遠い島国って聞くのに。よくそんなところから来たものだわ。それに士族って、こっちでいうところの騎士家系でしょ？　ご立派ね。

「セツナと言ったか。かなりの強者とお見受けしよう」

「フッ、おぬしもな、エセ・ヴァイスよ」

静かに睨み合う二人。

う、うおおおお、これは期待できる勝負になりそうねっ！

『こ、ここでまさかの異国の剣士が参戦だー！　やったあああーーー！』

嬉しそうね司会……。

『では準備をッ！』

司会の言葉に合わせ、ヴァイスくんとセツナさんが台の上で手を握り合う。

『ではエセ・ヴァイス選手の十連勝を懸けた試合――始めぇッ！』

瞬間、バキバキミシミシッッッッと異音が響き渡った。

一気に力を込めた選手二人の膂力により、台や足元にひびが入ったからだ！

って、どんな力してるのよ二人ともっ!?

「ッ、エセ・ヴァイスよ、貴様やはり化け物のように強いなっ！」

「そちらにも言えたことだろう。正直、力を抜いたら負けそうだ」

「ふん、涼しい顔で何を言う。だが拙者は勝つぞ。目的のために金が必要なのだァッ！」

セツナさんが攻めた！

ただ相手の腕を倒そうとしてるだけじゃない。

肘を起点に微細に腕を動かして、時に前に押し、時に後ろに引き、ヴァイスくんの力を入れるタイミングを崩さんとしてる。

「そもそも腕相撲の『相撲』とは、我がアキツ和国から伝わりしスポーツだ。力のぶつかり合いの中で行う技術的な駆け引きッ、それについては拙者のほうが一家言あるぞ！」

「っ……」

ヴァイスくんの表情が僅かに苦しそうになった！

大会が始まって以来初めてだ。腕もゆっくりと傾いてきた気がする。

「うおおおッ、賞金を手にするのは拙者だーーーっ！」

叫ぶセツナさん。うぅうんっ、このままじゃヴァイスくんが負けちゃうかも。

仕方ない、公衆の面前で正直恥ずかしいけど……、

「ヴぁ、ヴァイスくん、がんばって～～っ……！」

と、わたしが絞るような声で声援を送った時だ。

瞬間、

「お」

「お？」

「おおおおおおおおーーッッッ！」

ヴァイスくんが咆哮を上げた！

すると意味わからん勢いで逆転を始め、そのまま、

「うぉおおおおーーーーーーッ！！！」

「ぎゃあああああーーーーーーーッ!?」

隕石(いんせき)が落ちるような勢いでセツナさんを粉砕！

彼の手の甲を台に叩きつけた瞬間、大爆発するように台と足場が吹っ飛んだ！

「ってヴァイスくん、腕相撲でも爆発かましちゃってるしー!?」

相変わらずの爆発王子様である。あんたのどこが氷の王子なのよ。

まぁともかく、

「俺の、勝ちだ」

『きっーー決まったぁあああーーーッ！　エセ・ヴァイス選手、圧倒的な強さで十連勝達成！　腕相撲チャンプの誕生だあああーーー！』

司会がやけくそ気味に声を上げた瞬間、観客たちもわっと大歓声を上げる。

「つ、つよ過ぎるだろーーー!?」

「台も足場もぶっ壊れたぞぉおおーーー!?」

「うおおおおッ、やべぇもん見ちまったよ！　故郷のみんなに絶対話そーーー！」

民衆どももご満悦で何よりだ。

極悪領主として、ぜひみんなには来年も祭りに来て外貨落としていってほしいからね。

『うぅぅ……では優勝を称え、賞金である百万ゴールドをお渡ししますぅ～……！』

「感謝する」

なお司会兼主催者さんのほうは涙目の模様。

盛り上がるには盛り上がったけど、収益をほとんどあげれないまま大会が終わっちゃったんだからね。

本来なら連続十連勝者自体すら現れるのは難しく、それなら用意した賞金分も丸儲けだったのに。笑えるわ。

「ふふ、わたし弱ってるヤツを見るといじめたくなるのよねぇ……」

こいつに屈辱を与えてやることにしましょう。

わたしは壇上に上がると、がっくりしながら賞金を渡す司会に近寄る。

『こっ、これは領主たるレイテ様ッ！　一体どうして!?』

「アンタをいびってやるためよ。というわけではいこれ」

わたしは白金貨を弾いて渡した。

一枚で一千万ゴールドの価値あるものだ。

『ほ、ほわぁッ!?　これはッ!?』

「この腕相撲大会、ここからはレイテ様が乗っ取らせてもらうわァ！」

わたしは観客たちに向き直ると、声を張り上げて宣言する！

「これよりレイテ様主催・腕相撲大会第二幕を開催するわッ！　賞金額はさっきの十倍の一千万よッ！　ヴァイスくんに負けた連中に、彼を見て強い男に憧れた連中ッ！　みんな挙(こぞ)って参戦しなさぁいッ！」

「「オッ、オォオオオオオーーーーーーーーーーーッ！」」

みんな大盛り上がりねぇ！

うーふっふっふ、大会を乗っ取ってやるなんてわたし邪悪過ぎるでしょ！

「――さて、司会進行は引き続きアンタに任せるわ。わたしは他の催し物も回らなきゃだからね～」

『あ、ありがとうございますレイテ様ぁッ！』

「ふんっ」

本当はわたしみたいな小娘に尻拭いされた屈辱でいっぱいなくせに。

「じゃ、わたしは他に行くから」

『はいぃッ！　ぁ、ちなみに自分、記憶にないでしょうがメインベルト領の――』

「知ってるわよ。出稼ぎにきた新興商家跡継ぎのトロヤくんでしょ？　顔合わせの時にお父さんに紹介されてたじゃない、忘れないわよ」

『えっ、えっ!?　出稼ぎ商人なんて何十人もいたはずなのに……!?』

舐めるんじゃないっての。

祭りに合わせてやってきた出稼ぎ連中も、一時的にとはいえわたしの下僕になるのだ。不祥事やらかして逃げても捕まえられるよう、ちゃんと頭に叩き込んでるわよ。

「主催者はお父さんでアンタは補佐のはずだったけど、たぶん急病ってところかしら。じゃ、せいぜい頑張ることね。親のためにも、ウチの祭りを盛り立てなさい」

『は、はぃいいーーっ！』

なお、

「なぁ司会よ、次の大会も俺は出ていいのだろうか？」

『えッ⁉』

ってヴァイスくんは出禁よッ！

◆◇◆

次に向かった歌唱大会では、ヴァイスくんは国家を歌って逆無双を見せた。

「あぁー我々のー、ストレインー王国ー」

『おッ、驚くほど声に抑揚（よくよう）がなぁぁいッッッ！　王子似のくせになんというザマでしょうッ⁉　これは新手の国家反逆なのかァーーーッ⁉』

「う、うぅうう……！」

司会にボロクソに言われ、観客たちにもゲラゲラ笑われるヴァイスくん。

こりゃある意味珍しい一面を見ちゃったわ。

この人、駄目なところは本当に駄目なのね……！

「ヴァイスくん、歌唱大会で国家反逆扱いされる人初めて見たわよ。逆にすごい才能じゃない？」

「うぅ……俺はむしろ国家反逆された側で……」

「だからそういうのコメントに困るわよ⁉」

はい次行くわよヴァイスくん！

◆　◇　◆

次に向かったのはカードゲーム大会よ！

実は今、『モンスターズデュエル』っていうカードが周辺領地で大流行してるてね。

プレイヤーたちは魔物(モンスター)の描かれたカードを操り、相手プレイヤーと戦うの。

ちなみに、

「行くわよォーーッ！　『光と闇(ライトアンドダークネス)のゴブリン』で敵モンスターを破壊！　さらに『カオスゴブリン―開闢(かいびゃく)の使者―』で相手にダイレクトアタックよ〜〜〜！」

『き、決まったぁーーーーッ！　領主レイテ様優勝です！　さすがはこのゲームの開発者ッ！』

「いえーーーい！！！　開発者だから無敵でーーーす！！！！！！！！」

そう、なんとこのゲームの開発者はわたしなわけ！

いや〜ここまで流行るとは思わなかったわ。

最初はハンガリア領の特産品を作るために考えたのよね。

魔物が押し寄せる地なんだから、いっそ魔物をモチーフにしたグッズでも創っちゃおうかなって。

それで収集性や遊戯性持たせるためにカードゲームにしたら大ヒットよ。おかげでかなりのお金になってるわ〜。

「ふむ、ルールはわからんが楽しそうだなレイテ嬢」

「楽しいわよ！　ちなみにヴァイスくんたちを買ったお金も、民衆たちからの税金＋(プラス)このカードゲームで稼いだの！」

「俺はカードで買われたのか……⁉」

微妙な顔をするヴァイスくん。

まぁいいじゃないの、どんな方法で稼ごうがお金はお金よ。

「今度ヴァイスくんもカードにしてあげましょっか？　名前はそうねぇ、『蒼き氷の色白王子（ブルーアイスホワイト）』なんてどう？　攻撃力三〇〇〇くらいにしてあげるわ」

「む、よくわからんがカッコイイな……！」

わ、ヴァイスくんが上機嫌になった。よかったねー。

「そうだっ、わたしがカードを教えてあげるわ！　デッキ貸してあげるから！」

「むむ、だが俺は物覚えが悪いし不器用だぞ……？」

「大丈夫よっ、決闘女王のレイテ様が優しく教えてあげるから～～～！」

「悪の女王じゃなかったのか……？」

こうして過ぎていく『大仮装祭』の時間。

わたしとヴァイスくんは花も団子もそっちのけで、平和に楽しんだのだった！

また来年も一緒に回りましょうね～！

「――『腹黒(ブラック)・執事(バトラー)』でダイレクトアタック。むむむ、これは俺の勝ちじゃないか？」

「ぎゃあああああゲーム開発者なのになぜか負けたああああーーーッッッ!?」

無駄な才能発揮するなチクショーーーッ！！！

エピローグ　未来への投資（？視点）

夕暮れ時を過ぎても、今年の『大仮装祭』は終わらない。

天才学者の作った『魔照灯』により、夜闇の帳が下りた後でも領地は明かりに包まれていた。

花の王都でもありえない光景だ。夜の闇すら屈服させたハンガリア領の異様さに、他方から来た者たちは改めて驚愕させられた。

特に、商人の驚きは凄まじい。

「かぁ～っ、ほんまにとんでもない領地でんなぁ」

そうぼやいたのはキノコである。

――否、奴隷商のノックス・ラインハートである。

「へんな髪型のヤツがいる！」「それなんの仮装～!?」「ぎゃははは！」

「えぇいッ、髪型は仮装ちゃうわガキどもっ！　どっか行けボケー！」

目元の隠れた丸い金髪頭のこの男、祭りに合わせて黒いマントの吸血鬼の格好をしているが、注目が集まるのはもっぱら髪型である。

「やれやれや。このファッションセンスがわからんとは、そのへんまだまだ田舎やねェ」

と、買った酒瓶を飲みながら街の様子を眺めていた時だ。

不意に、

「――そんな田舎にわざわざ来るとは、一体なんの用なのかネェ？」

怪しげな囁きがノックスの耳朶（じだ）をくすぐった。

「げ」

嫌そうな表情で横を見る。

するとそこには、継ぎ接ぎだらけのゾンビの仮装をした男、ドクター・ラインハートの姿が。

彼を見てノックスの顔が引き攣る。

「……久しぶりやなぁ、兄貴」

「やぁやぁっ、可愛い弟ヨ～！」

そう。この二人は実の兄弟であった。

片や魔学者、片や奴隷商人とまるで違う職には就いたが、どちらも世間から異端視される分野で一財を成している点だけは共通している。

「噂はマジやったんやねぇ。王都の学会を追放された兄貴が、この辺境地に匿（かくま）われてるって。街に溢れる発明品も全部兄貴が作ったんやろ？」

「まぁネ。金払いがよくインスピレーションもよくくれる飼い主様のおかげで、好き放題に暮らせているヨ」

ニヒニヒと笑うドクターに、ノックスは「あぁそうかい」とつまらなさそうに鼻を鳴らした。

はっきり言って兄のことは好きではない。

この男は昔から才覚に優れ、魔学以外のあらゆる分野でも超常の結果を出してきた大天才なのだから。

おまけに『ギフト』まで持っているというのだから、やってられない。

「ケッ、偉大なお兄様は運まで備えとるんかいな。あの『聖女レイテ』に拾われるとかなんやねんもう」

そのぼやきの後半部分に、ドクターは「キヒヒヒヒッ！」と腹を抱えて笑った。

「私がツイてるかどうかはともかく、『聖女レイテ』とは面白いネェ。自称悪女のあの子が聞いたらどう思うか」

悪を自称するレイテ・ハンガリア。

——その噂は当然、悪とは真逆の方向になって周辺領地に轟いている。

「民衆一人一人に気を配り、職案内から衣食住まで面倒を見て、爆発的に領地を成長させ続けてるんだ。そりゃ聖女とも謳われるよネェ普通」

「当たり前やて。あんな子が悪なら、奴隷売りのワイなんてカスやんけ」

そう自嘲するノックスだが、その言葉にドクターは「いやァどうかな?」と混ぜ返す。

「キミもレイテくんのことは言えないヨ。何せ、ヴァイス第一王子をこの地に亡命させたんだからネェ?」

「っ――」

ドクター・ラインハートは気付いていた。

目の前の弟が、あえて正体を知らぬフリをして、第一王子をレイテ・ハンガリアに引き渡したことを。

「……さて、なんのことか知らへんなぁ」

「キヒヒッ、まぁありえない話だよネ〜。まず敗残兵たちをよそに逃がすだけで縛り首だ。それも王子を逃がしたとなれば、キミの首が百個は飛んじゃうだろうからネェ?」

「チッ、ネェちゃうわボケ」

これだからこの兄は嫌いなのだとノックスは思う。

気付いたとしても黙っておけやお喋りクソ野郎がと。

そんなだから嫌われ無双で学会追い出されるんやカス兄貴がと……！

「死ねボケ！」

「おぉう、いよいよ心中の毒が漏れ出したネ⁉　まぁでもお兄ちゃんわかってるヨ、本当はノックスはイイ子なんだって……！」

「うぜー！」

相変わらず腹が立つ兄である。

——顔を見に来て損したと、ノックスは心から思った。

「はぁ……勘違いするなや？　ワイが王子らを逃がしたんは金のためや。あの戦争狂いの『傭兵王ザクス』が政治の中枢に寄生した以上、国は間違いなくぶっ壊れる。そうなりゃ金儲けどころやなくなるからのぉ」

だからこそ『ヴァイス王子』という対抗戦力を逃げ延びさせた。

もっとも心から期待していたわけではない。

革命時の敗北により、王子はすでに身体どころか精神までも折れていた様子だったからだ。

（まぁ、せやけど……）

ノックスはちらりと広場のほうを見る。

そこには、何やらカードのゲームに負けて涙目なレイテと、彼女に掴みかかられてなぜか嬉しそうなヴァイスの姿が。

「元気そうやね、ヴァイス王子」

「平和って感じだネェ～。あっ見てみて、変な着ぐるみした眼鏡クンが駆けてきたよ！」

「いやアイツはなんやねんキショいな」

日常的な幸福な風景。だが、一か月ほど前の王子の状態からすれば奇跡だ。肉体も心も、完全に死にかけていたというのに。

「……よっぽどよくしてもらえたんやね。ほんま、デキるヤツはみんなツイてて腹立つわ」

そう吐き捨てると、彼は兄から踵（きびす）を返した。

「おや、もうお別れかい？」

「あぁ、クソ兄貴の顔なんざ見てても吐き気がするだけやからのぉ。どうせアンタ、一回くらいはマジでレイテ嬢ちゃんに嫌われかけたことあるんちゃうか？」

「うぐッ……!?」

あてずっぽうで放った一言に、兄は見たことがない引き攣り顔をした。

「ってマジで嫌われかけたことあるんかいな……。あんないい子ちゃんに嫌われるとか、兄貴、ほんま終わってるんやな」

「うるさいヨッ！　はぁ……それよりキミ、これから王都に戻るのかい？　正直、『地獄狼』の住処(すみか)になった街とか危ないと思うんだけどネェ～」

「あぁ、おかげで民衆みんな引きこもってる。全然客がこぉへんわ」

せやから、とノックスは続ける。

「売れるようになる時に備えて、新しい奴隷を仕入れてこようと思うわ」

「っ……ノックス、まさか」

兄に背を向け、去り際に告げる。

「おう。ちと『ラグタイム公国』に行ってくるわ」

書き下ろし番外編①

身体で稼げヴァイスくん!

ある日のこと。

おやつのプリンをウメッウメッしてたら、ヴァイスくんがこんなことを言ってきた。

「レイテ嬢、俺は身体で稼いで来ようと思う」

「ぶへぁ!?」

思わずプリンを吐きかけてしまった！

ちょちょちょヴァイスくんさん、アナタ何をおっしゃってますの!?

「ど、どーしたのよヴァイスくん!? 身体で稼ぐってつまりアレのことよね!? 何かお金に困ってるの!?」

ちゃんとお給料は出してると思うんだけど、一体どうしてそんなことに……!?

「ま、まさか誰かに騙されて借金背負っちゃったとか!? 誰よそいつッ！ よくもヴァイスくんをアレな仕事に就かせてくれたわねっ！」

わたしは悪の女王だからわたし以外の悪はすべて許せないタチよッ！ ぶっころしたるッッッ！

「戦争よーッ！ わたしの下僕ども立ち上がりなさぁぁいッッッ！」

『なんだか知らないけどレイテ様の命令ならウォオオオオーーーーーーーーーーーーッッッ！！！』

と、わたしの一声に領地中から十万人くらい駆け付けた時だ。

ヴァイスくんが「何を勘違いしているのか知らないが」と言い、

「別に借金は背負っていない。ただ、休日にでも肉体労働してみようと思ってな」

「はえ、肉体労働？」

どゆことどゆこと？

「レイテ嬢の護衛に徹している俺だが、普段の業務だけではどうにも体力が余ってしまってな」

「あ、なるほど」

元々ヴァイスくん、一日二十時間以上鍛錬するやばいヤツだもんね。

そりゃわたしに付き添って突っ立てるだけじゃ身体を持て余すか。

「特にキミに拾われてからは妙に身体の調子がいいんだ。それで、運動がてら肉体労働というものを体験したいと思う。前から気になっていたのだ」

冷酷に見える彼の瞳がちょっと輝いているように見えた。

ああ、この人って一応王子様だったもんね。民衆の仕事に興味があろうと、王都にいた時は無理だったか。

「で、どうだろうか？　レイテ嬢が駄目というなら従うが……」

「ってそんな子犬みたいな目で見ないでよ〜」

実際は冷たい仏頂面だけど、なんか最近は感情の機微がわかってきたのよね。

「もちろんオッケーよ。別にわたしに不利益もないし、好きにやってくるといいわ」

週休二日の間は何しようが自由よっと。

「そうか、ありがたい。ところで」

ん？

「レイテ嬢が言っていた、『アレな仕事』とはなんのことだ？」

「ぶっ⁉」

う、うるさいうるさいうるさーーーーい！！！

というわけで数日後。
「アシュレイ、ヴァイスくんを見張るわよ」

「レ、レイテお嬢様の頼みとあらば……」

わたしとアシュレイはフードを着て、街角からこそっと建設現場を覗いていた。

どうやらヴァイスくんは大工さんのところでアルバイトすることにしたらしい。

ウチの領、今おうちの建設ラッシュだから大忙しな業界なのよね。さっきから現場監督さんの怒号が響いているわ。

「オラッ働けお前らーッ！　夕方までに作業終えるぞぉ！」

「「「うーーーす！」」」

精力的に指示を飛ばす監督さんと、やる気いっぱいで応える作業員たち。

うんうんよくやってくれてるわ。

この地のご主人様として満足な光景ね。

「さてヴァイスくんはどこに……」

とあちこち見まわした時だ。

不意にアシュレイがぎょっとした顔をするや、明後日（あさって）の方向を指さした。

って何よ？

「お、お嬢様、もしかしてアレでは……？」

瞬間、ズゥンッ、ズゥゥゥンッという重低音が近づいてくるのを感じた。

なんの音よと思いながら、アシュレイが指さした方向に目を向けると、

「――監督よ。発注遅れの木材、木工所から取ってきたぞ」

そこには、何メートルもの巨大な木材を何十本も担（かつ）いだヴァイスくんの姿があった……！

「「え、ぇぇぇぇぇぇぇぇ～～～!?」」

あの王子どんだけ力持ちなのよッ！

あんなの一本持ち上げるだけでも人間数人は必要でしょ!?

「おッ、おぉさすがはヴァイスさんだッ！　これは工程がぐっと縮まるぞ！　お前らッ、ヴァイスさんに感謝だ！」

「「「ヴァイスさんアザーーーーーーースッ！」」」

うわぁ……ヴァイスくん、バイト一日目で『さん』付けされてるよ……。

まぁあんだけ働けるならそりゃ慕われるわよね。

「うーーん、でも嫉妬されていじめられたりしないかしら？　アシュレイ、昼休みまでは監視するわよ」

「お嬢様の命令ならばそうしますが……」

って何よアシュレイ、何苦笑してるのよ。

「言いたいことがあるならいいなさーい！」

「では率直に言って。……お嬢様、バイトの様子を見守りに来るとか、過保護なママみたいですね？」

って誰が過保護なママよーーーーーッッッ!?

書き下ろし番外編②

追いかけろッ、レイテお嬢様の一日!（アシュレイ視点）

「じゃ、お散歩いってくるわね～」

「あぁレイテお嬢様ッ、どうかお側にいさせてください！」

「嫌よ。あんた空気がネッチョリしてるもん」

「空気がネッチョリ……⁉」


なんということだろうか。

この日、我が最愛のレイテお嬢様はおひとりで街に出てしまった……！

数か月前ならたびたびあったことである。

だが今は状況が違う。第二王子と『地獄狼』の結託により革命が起きて国は乱れ、さらに領地には第一王子ヴァイス・ストレインを匿っている状態なのだ。

かくいう私も『地獄狼』から追われている身……私たち危険分子をかぎつけ、どんな輩（やから）が領地に踏み入っているかわかったものではない。

あぁだというのにっ、ヴァイス（※休日ゆえバイト中）もいない状態で単独行動をするなど、レイテお嬢様のご判断とはいえ承服しかねますッ！

ゆえにッ、

「お嬢様ァアアアアーーーーッ！　こっそり追わせていただきますぞォオオーーーーッッ！」

忠義ゆえの命令違反をお許しくださいッ！

私は激しく決断すると、お嬢様のちっちゃな背中を追いかけて行った！

◆
◇
◆

「あぁ～～～～お嬢様かわいいい～～～～～……！」

やはりお嬢様こそ我が酸素だ……！

もうすべてが可愛い。活力が湧く。

ちっちゃな足でテトテトと街を散策する姿が可愛い（ちなみにお嬢様の足サイズは二十一センチ。十歳児並み！）。

立ち寄った屋台でカエル肉の串焼きを食べる姿が可愛い（ちなみにお嬢様はわりとガツ

ガツ食べるほうで、平均咀嚼回数は七回。ギャップがいい！）。

野良猫にゆっくりと近づき、袖から猫じゃらしを出して遊んであげる姿が可愛い！（ちなみにお嬢様のゴシックドレスの袖内には、飴玉に小銭にデュエルのデッキに聖神馬の角にといろいろ入っている。私も入りたい！）

「あぁ癒やされる……！　あ、抜け毛が落ちた。回収しよッ！」

やはりお嬢様のことは見ているだけで胸が温かくなる。

これが愛情というものなのだろうか。

親の顔もほとんど知らず、貧民街で喧嘩に明け暮れながら生きてきた私には縁遠い感情だった。

だがしかしッ！　お嬢様に出会ってからは、この素晴らしき想いに日々心が満たされている！

「お嬢様、あぁお嬢様、お嬢様（私、心の一句）」

抜け毛を拾いながら思う。アナタ様のおかげで我が人生は幸せに満ちておりますよ。

……最近はヴァイスの野郎がお嬢様とイチャイチャしやがってそのたびに謎の頭痛に襲

われるが、そんな私のダメージも今日一日で癒やされた！

「レイテお嬢様ッ、一生アナタについていきます！」

「――ふーん、そりゃ大した忠誠心ね」

とそこで。

抜け毛を拾っていた私が見上げると、そこには冷たい目をしたレイテお嬢様の姿が……！

「ファッ!?　なぜバレたのですか!?　あ、愛の力!?」

「ってんなわけないでしょーがッ！　変な俳句読まれながら背後で抜け毛拾われてたら、誰だって気付くわよっ！」

ふぁああっ!?　それは盲点だった……！

「くっ、この私としたが、レイテお嬢様への想いにより慎重さを忘れていたか……っ！　申し訳ありませんお嬢様ッ、命令に反してアナタを追ってしまった私を、どうか罰してください！！！　どうか街のど真ん中で鞭打ちしてくださいいいい！！！」

「って嫌よバァァァカッ！」

とお嬢様は罵声をくださり、私にビンタまでもしてくださったのだった！

このアシュレイッ、本当に幸せにございますっっっ！

あとがき

お初にお目にかかります。馬路まんじという者です。略して『ママ』とお呼びください。めちゃツイ廃なので、ツイッター（X）で検索してくだされば会えるタイプの女の子になっております。女子高生です。

このたびは『極悪令嬢』、お楽しみいただけたでしょうか？

極悪鬼畜な主人公レイテが周囲を虐げまくってオーッホッホする残酷劇――だとレイテちゃんは思い込んでいるギャグファンタジーでございます。レイテちゃん現実見て！

楽しんでいただけましたら、ぜひぜひツイッターに感想や購入写真アップしてくださいましたら爆速で土下座ペロペロしにいきますのでよろしくお願いいたします。

この場をお借りして、ご購入いただいたみなさまには特大の感謝を。

そして販売に至るまでご協力くださったイラストレーターの由夜様に編集様、校正様にデザイナー様にほかにもたくさんいっぱいいっぱい、本当にみなさまありがとうございました！

馬路まんじは幸せでございます。

またわたくしの物語が気に入ってくださいましたら、ぜひぜひぜひ『馬路まんじ　作品』で検索くださいましたら、他の小説や配信マンガが山ほどわっほい致しますので、ぜひぜひぜひぜひご検討を。

それではありがとうございました。出版予定の二巻&漫画版でお会いしましましょう！

わっぴ〜！

馬路まんじ

コミカライズ
制作進行中!
『極悪令嬢の
勘違い救国記』
漫画：榎戸埜恵
原作：馬路まんじ
キャラクター原案：由夜

追放された商人は金の力で世界を救う

［著］駄犬　［イラスト］叶世べんち

勇者亡き後、世界を救うのは――金（カネ）!?

Sランク冒険者パーティーの一員でありながら、不人気職“商人”のトラオ。戦力として微妙な上に、金の使い込みがバレて追放されてしまう。仕方なく金の使い込み先だった女子達と組んで魔王討伐を目指すトラオだが、その初仕事はなんと全滅した旧パーティーの遺体から装備を回収するというもので……!?　「関係ないよ。もう仲間でも何でもないんだから」。金にモノを言わせた商人の非人道的魔王討伐譚が始まる！

この本を読んでのご意見・ご感想・ファンレターをお待ちしております。

〒104-8357 東京都中央区京橋 3-5-7
（株）主婦と生活社 PASH!文庫編集部
「馬路まんじ先生」係

PASH!文庫

※本書は「小説家になろう」（https://syosetu.com）に掲載されていたものを、改稿のうえ書籍化したものです。
※この作品はフィクションであり、実在の人物・団体・法律・事件などとは一切関係ありません。

極悪令嬢の勘違い救国記1

2024年7月15日 1刷発行

著　者　**馬路まんじ**
イラスト　**由夜**
編集人　山口純平
発行人　殿塚郁夫
発行所　株式会社主婦と生活社
〒104-8357 東京都中央区京橋 3-5-7
[TEL] 03-3563-5315（編集） 03-3563-5121（販売）
03-3563-5125（生産）
[ホームページ]https://www.shufu.co.jp
製版所　株式会社明昌堂
印刷所　大日本印刷株式会社
製本所　株式会社若林製本工場
デザイン　浜崎正隆（浜デ）
フォーマットデザイン　ナルティス（原口恵理）
編　集　堺香織

©Manji Maji　Printed in JAPAN　ISBN978-4-391-16307-0